下克上にはわけがある

Rena Shuhdoh
愁堂れな

CHARADE BUNKO

Illustration

木下けい子

CONTENTS

下克上にはわけがある

1

「別れよう」

「え？」

貴樹《たかき》から唐突に告げられた言葉を、最初俺は自分の聞き違いだと思った。残業メシをかっ込む連中でざわめく社内食堂で、不味《まず》いと評判のカレーを前にする会話とはとても思えなかったからだ。

「だから『別れよう』と言ったんだ」

だがそれが聞き違いなどではないことは、貴樹が面倒くさそうに顔を顰《しか》め、同じ言葉を繰り返したことでわかった。

「別れるってお前……」

一体何を言い出したんだ、と唖然《あぜん》としていた俺に貴樹はあまりにあっさりその理由を告げた。

「飽きたんだ」

「え?」

「そういうことだから」

ガタン、と椅子《いす》を引くと貴樹は食べ終えたカレーのトレイを手に立ち上がった。

「おい」

呼びかけた俺の声を綺麗《きれい》に無視し、貴樹は颯爽《さっそう》と社員食堂を出ていってしまった。何がなんだかわからない。俺はそれこそぽかん、と口を開け、いかにもできる男然とした、ぴん、と背筋の伸びた彼の広い背中が視界から消えるまで見送っていた。

貴樹——香川《かがわ》貴樹は俺の同期で、尚かつ俺の恋人だった。二年前ここ三友《みとも》商事に入社し、同じ課に配属になった俺たちの「関係」は、新人歓迎会の帰り、酔っ払った俺を貴樹が自分の家に連れ込んで、ほぼ強引に近い感じで抱いたときから始まった。

もともと男には興味など一ミクロンもなかった俺だが、不思議と貴樹とのセックスには嫌悪感を催さず、それどころか『テクニシャン』と豪語して憚《はばか》らない彼の手練手管に翻弄《ほんろう》され、俺はあっという間にカラダも心もすっかり彼の虜《とりこ》になってしまったのだった。

入社した当初から貴樹は社内でも目立つ存在だった。開成《かいせい》から東大《とうだい》法学部に進んだという優秀な頭脳に加え、学生時代は体育会ゴルフ部に所属する傍ら、バイトで雑誌のモデルをやっていたという恵まれた容姿をもってすれば目立たないわけがないだろう。百八十を超す長身に、海外のモデルばりの濃い、整った顔立ちをしている彼は、一緒に参加した合コンでその場にいた女の子の人気を一身に集めることもザラだったのだが、その彼が実は真性のゲイで、女の子にはまったく興味がないのだという事実を、実際彼と関係して初めて俺は知らされたのだった。

かくいう俺は、というと、早稲田《わせだ》の理工の学卒で、身長は百七十六センチ、商社で理系はめずらしいとはいうものの、貴樹と違ってその他大勢に埋没してしまうような平凡な男だった。

これでも学生時代は部員数百二十名を超えるサークルの幹事長だったこともあり――体育会からは程遠い、夏はテニス、冬はスノボという典型的なミーハーサークルではあったけれど――そこそこ女の子にももてたし、それなりに自分に対する自信にも溢《あふ》れていたのだったが、商社では俺のような男はそれこそ石を投げれば当たる、というくらいにごろごろいたのである。

そんな俺に比べて貴樹は仕事面でも新人の頃からめきめきと頭角を現していった。俺たちの所属する部は今流行《はや》りのＩＴ関連を扱う部署なのだが、俺が慣れない英語に手間取っているうちに貴樹は米国のベンチャー企業に出資し、六ドルで購入したその社の株を百二十ドルで売り抜け、本部に一億以上の収益をもたらすというものすごいことをやってのけていた。

貴樹のビジネスに対するセンスは天性というしかないほど優れていて、その後も次々と彼はカネになる商談を引き当て、今や三年目という若さで部の——いや、本部の稼ぎ頭になっていたのだった。

顔も頭脳も仕事も運動神経も、何もかもが一級品の貴樹がなぜ俺のような平凡な男を恋人として選んだのか——初めて抱かれた夜、呆然《ぼうぜん》としていた俺に「第一印象で惚《ほ》れた」と見惚《みと》れるような笑顔を彼が向けてきたときに感じたその疑問は、まるまる二年という長い彼との付き合いの間にいつの間にか俺の頭から綺麗に消失していった。

最初は戸惑いのほうが大きかった彼とのセックスにも次第に慣れ、されるがままだったその行為にいつしか自ら積極的に快感を追究できるようになってきた。そんな俺の身体《からだ》の変化は貴樹を喜ばせ、『開発』のし甲斐《がい》があるとますます行為にのめり込む日々が続いていた。

つい一昨日《おととい》も、彼の部屋で二人してこれでもかというほどに精を吐き出し合ったというのに、さっき彼はなんと言った——？

『別れよう』

別れる——別れる、というのは『別れる』ってことなんだろうか。

当たり前だろう、というツッコミを自分で入れられるようになるまで、数秒の時を要した。

食堂内でざわめく人々の声がようやく耳に入ってくる。

「…………」

目の前には食べかけのカレーがある。よりにもよってこんな場所、こんな状況で別れ話を切り出すことはないじゃないか、と溜《た》め息《いき》をつき、まだ手に持ったままだったスプーンを皿に戻した俺の耳に、貴樹の声が蘇《よみがえ》った。

『飽きたんだ』

そんな簡単な一言で、貴樹は俺とのこの二年間を精算できると思ったのか——普通なら怒りが込み上げてきそうなものなのに、俺は怒るでもなく淡々とそんなことを考えていた。思いもかけない上にあまりに突然の出来事に、俺の感情はすべてストップしてしまったようだ。ただただ呆然とその場に座り込んでいた俺の周囲に溢れていた人の声が、次第にまばらになってゆく。

そろそろ社員食堂の夜の営業が終わる時間らしいと気づき、俺はすっかり冷めてしまったカレーのトレイを手に立ち上がった。社食を出てエレベーターホールへと向かったが、フロアの自分の席に戻る俺の足取りは重かった。

残業メシを食おうと誘ってきたのは貴樹だった。多分彼はまだ残業しているのだろう。彼の席は俺の斜め向かいだった。今まではこっそりと視線を絡ませ合うことができるこの席の配置を結構気に入っていたのだが、別れを切り出された今、あの憎らしいくらいに整った顔をこれからも毎日眺めなければいけないのかと思うとそれだけで俺は憂鬱《ゆううつ》になった。

別れる——別れる、か。

同じ別れを切り出すのなら、せめてそのあとしばらく顔を見ずに済むようなシチュエーションで切り出してほしかったな、と溜め息をついたとき、初めて俺の胸に差し込むような痛みが走った。ようやく貴樹に『別れよう』と言われた実感が込み上げてきたのだろう。こんなに時間がかかるなんて随分自分は鈍いんじゃないのか、と苦笑しようとしたのに顔の筋肉は動かなかった。

『飽きたんだ』

まるで世間話をするかのようなあっさりした口調で、別れの理由を告げた貴樹の端整な顔が俺の脳裏に蘇る。

飽きたと言われてしまっては取りつく島もなかった。一体彼はいつから俺に飽きていたんだろう、と俺は思いを巡らせかけ——再びズキリと胸を刺す痛みに耐えかね、シャツの前を握り締めてそれをやり過ごした。

こんなに簡単に、こんなに突然『別れ』というのは来るものなんだな——まさに青天の霹《へき》靂《れき》だ、とわざとおちゃらけて考えようとしても、胸の痛みは去ってはくれなかった。無人のエレベーターホールにエレベーターが何台も到着し、扉が開いてはまた閉じてゆく。仕事に戻らなければ——今日は残業するはずだったじゃないか、と思うのにどうしても足は動かず、シャツの前を握り締めた姿勢のまま俺はその場に随分と長い間、立ち尽くしてしまったのだった。

なんとか気力を取り戻した俺が自分の席に戻ったとき、幸いなことに貴樹はすでに帰ったあとだった。

「あ、島田《しまだ》さん、お疲れ様です」

向かいの席に座る新人、瀬谷《せや》が声をかけてきたのに「お疲れ」と惰性で答え、席についてはみたがどうも仕事をする気にはなれなかった。はあ、と溜め息をついたあと、なんの気なしにぐるりとフロアを見回すと、今日は引けが早いのかもう俺とこの瀬谷以外誰《だれ》もいない。

俺も帰ろうかな、とまた溜め息をついたとき、

「あの」

おずおず、というのがぴったりの口調で瀬谷が俺に話しかけてきた。

「なんだ?」

「香川さん、もうお帰りになりましたけど」

香川——なんの脈略もなく貴樹の名前が出たことに俺は動揺したのだと思う。自分でも驚くくらいの強い口調で、

「それがどうしたって?」

と瀬谷を怒鳴りつけてしまっていた。瀬谷のごつい肩がびく、と震え、見る見るうちに顔が真っ赤になってゆく。

「す、すみません。探してらっしゃるのかと思って……」

消え入るような声で詫《わ》びた彼の姿を前に、新人に八つ当たりしてどうする、と俺は自己嫌悪に陥りつつも、

「すまん。ちょっと気が立ってたもんで」

と正直に言い、頭を下げた。

「すみません」

瀬谷は俺の謝罪にますます顔を赤らめ、逆に頭を下げてきた。そんな彼の顔を目の前にしていた俺の頭に不意にある考えが閃《ひらめ》いた。

「あのさ、これから飲み行かない?」

「え?」

鳩《はと》が豆鉄砲を食ったような顔、というのがぴったりなくらいに瀬谷が眼《め》をまんまるにして俺の顔を見返してくる。

「無理にとは言わないけど。たまには俺に付き合わない？」

なぜ急に彼を飲みになど誘ってしまったのか――怒鳴りつけて悪かったな、と思ったのが半分、とてもこれから仕事をする気になれなかったのが半分――いや、何より俺は飲みたかったのだと思う。相手は誰でもよかった。このまま一人、家に帰るのがどうにもたまらなかったのだ。

「無理なんてそんな、もちろん、喜んで」

そんな俺の心情などわかるわけもない瀬谷は、『おどおど』と『あわあわ』が混じったような口調になると、

「誘っていただけて嬉《うれ》しいです！」

オーバーとも思えるようなリアクションを見せ、いきなり椅子から立ち上がった。

「行く？」

「はいっ」

ガタガタとやかましい音を立てながら慌てて机の上の書類を片づけ始めた瀬谷を見ながら、そういえば、彼が配属されてからひと月以上経《た》っていたが、二人で飲みに行くのは勿論《もちろん》、ゆっくり話したことすらなかったなと、今更のことを俺は考えていた。

「お待たせしちゃってすみませんっ」

「いや、待ってないし」

恐縮しすぎるほど恐縮しきった彼がようやく机を片づけ終えたのを確認して俺は、

「じゃ、行こうか」

と鞄《かばん》を手に立ち上がった。

「はいっ」

「お前、メシ食ったの？」

「いえ、食べてないですっ」

「じゃあメシも食えるところがいいかなあ」

「どこでもっ！　島田さんにお任せしますっ」

答えるときにいちいち直立不動になる姿に、俺は思わず笑いそうになってしまった。この新人、瀬谷のリアクションがこれほどまでに大仰になったのには理由《わけ》がある。その理由に思い至ったとき、俺の胸にまた差し込むような痛みが走った。

「島田さん？」

無意識のうちにシャツの前を握り締めていた俺の顔を瀬谷が心配そうに覗《のぞ》き込んでくる。

「なんでもない。行こうぜ」

今日飲みに行くのに最も相応《ふさわ》しい相手を気づかぬうちに選んでいたのかもしれないと思いつつ、俺は広い肩幅を狭めるようにして立っている瀬谷の背を促し、無人のフロアをあとにした。

メシも食えて酒も飲める店、と考え、俺は瀬谷を残業後に若手でよく飲みに行くエスニック系のバーへと連れていった。店内は結構混んでいて俺たちはカウンターに案内され、そこで『とりあえず』の生ビールで乾杯した。

「急に誘って悪かったな」

「いえっ！　光栄です」

瀬谷の大声が薄暗い店内に響き、何事かと客たちが俺たちを見やった。

「す、すみません」

途端にまたスツールの上、大きな背中を丸めた瀬谷に、

「そんな硬くなることないよ」

と俺はメニューを渡す。

「なんでも注文してくれ。お前とはオハツだからな。奢《おご》ってやるよ」

「そんな、いいですよっ」

とんでもない、というように瀬谷がまた大きな声を出し、ぶんぶんと首を横に振る。

「いいって。同じ課なのに今まで一回も誘ってやれなかったしさ。俺なんか入社して二ヶ月くらいは、自分で夕飯代払ったことなかったってくらい、三雲《みくも》さんや岩木《いわき》さんに奢ってもらってたんだから」

「そんな、申し訳ないです」

ますます遠慮してメニューを閉じそうになる瀬谷に無理やり料理を注文させ、ついでに生のおかわりを頼む。

「まあ、今日は飲もうぜ。瀬谷も結構ストレス溜まってんじゃないの？　俺でよかったら話、聞くからさ」

「いや、そんな」

さっきから『そんな』しか言わない彼だが、入社した当初はここまで萎縮してはいなかった。当社では新入社員にはマンツーマンで指導する教育係の先輩社員がつくのだが、このひと月というもの彼はこの『教育係』の先輩社員に毎日のように怒鳴られ続けていたために、こうもおどおどするようになったと思われる。そしてその『教育係』というのが、貴樹——先ほどあまりにもあっさりと俺をふった、俺のもと恋人の香川貴樹なのだった。

「香川の悪口でもなんでも言えよ。今日は無礼講だからさ」

貴樹は自分が優秀すぎるほど優秀であるからか、『できない』者の気持ちが少しもわからないようだった。今年、新人が配属になると決まったとき、当課若手で一番優秀であるという理由で、課長は迷わず貴樹にその教育係を命じた。

「君のような優秀な人材に育ててやってくれ」

課内会議の席で皆の前でそう言われたとき、貴樹は悪い気はしていなかったと思う。会議のあと、「面倒だな」と苦笑するように俺に笑ってみせた顔は得意げでさえあったが、実際この瀬谷が配属されてくると彼の顔には『苦笑』すら浮かばなくなった。

「そんなことは一般常識だろう。そこまで俺に説明しろとでも言うのか?」

「同じことを何回聞いてくるんだ。メモをとれと言っただろう?」

毎日のように瀬谷を罵倒《ばとう》する貴樹の声がフロアに響き渡り、そのあまりの剣幕に今や課内では皆が彼らを遠巻きにするような雰囲気が出来上がってしまっていた。

「本当に、この不景気になんであんなに使えない奴がウチの会社に入れたんだよ」

縁故かなんだか知らないが、指導するこっちの立場になってみろ、と貴樹はよく俺に零《こぼ》していた。確かに瀬谷は俺から見ても、なんとなくもっさりした印象をしていたが、彼が実際貴樹が言うほど『使えない』新人なのか、判断する機会に俺はまだ恵まれていなかった。

「瀬谷英嗣《えいじ》です。よろしくお願いします」

総合商社を目指すような人間は、どちらかというと身だしなみに気を配るタイプが多い。かくいう俺も、そして貴樹も、営業だからという理由もあって、人一倍服装には気を遣っていたのだが、入社式のあと課長に部に連れてこられた瀬谷の服装は流行とは違う——まあ、オーソドックスといえないこともないのだろうが——形の濃紺のスーツに、白いシャツ、ネクタイもいかにもリクルーターがするようなお世辞にもセンスがいいとは言えないものだった。公務員か——などと言うと公務員に失礼だろうか——真面目《まじめ》な地方の銀行員、といった垢《あか》抜けない印象の彼を一目見たときから、貴樹は彼を舐《な》め切ってしまったのだろう。身長も体格も百八十を超す長身を誇る貴樹より一回り大きかったのがまた、何よりも『一番』を好む貴樹の機嫌を損ねた要因かもしれない。貴樹は瀬谷の何から何までが気に入らないようで、何かというと彼を罵倒しまくり、おかげで瀬谷はその長身をいつも屈《かが》めるようなおどおどした態度をとるようになってしまっていた。そんな彼だからこそ、貴樹への不満が胸に渦巻いているんじゃないか、と俺は水を向けてみたのだったが、瀬谷の答えは俺の予想をまったく裏切るものだった。

「香川さんには本当にいつも助けてもらってます。悪口だなんてそんな……」

とんでもない、と顔の前で大きな手を振ってみせる彼の様子からは作ったところがまるで感じられなかった。あれだけ毎日怒鳴られ続けているにもかかわらず、本当に貴樹に対して思うところはないんだろうかと俺は心底不思議に思い、ついつい彼に重ねて問いかけた。

「『助けてる』ってよりは怒鳴り倒してるじゃないか。もうちょっと言い方ってもんがあるだろうとか、そういう不満も全然ないわけ？」

「不満だなんてとんでもないです。僕が仕事ができないばっかりに香川さんの負担が大きくなってしまってるのを申し訳ないと思いこそすれ…」

「またまたそんなこと言って。飲みが足りないんじゃないのか？」

慌ててぶんぶんと首を振り、俺の言葉を否定する瀬谷を目の前に、俺は変に意地になっていた。瀬谷が心の底から言葉どおりのことを思っているのだとしたら、彼の性格はこの上ないくらいに『いい』、もしくは『おめでたい』だ。どうして恨み言の一つも出ないんだ、と俺はなんとか彼に貴樹の悪口を言わせようと次々と酒を注文し、固辞する瀬谷に無理やり飲ませて自分も飲みまくった。

「香川がなんだってんだ、くらいのこと、言ってみろよ」

「島田さん、だ、大丈夫ですか？」

ガタイがいいと酔いの回りも遅くなるのか、どんなに飲ませても瀬谷は少しも酔わず、俺のほうが先に酔っ払ってしまったようだった。クダを巻く俺を前に、ますます瀬谷が困り果てたような顔になっていくのはわかったが、貴樹を罵倒する俺の言葉は止まらなかった。

「あんな自分勝手で傲慢《ごうまん》な奴、よく言ってやることなんかないぜ？」

「そんなことないですよ」

あくまでも貴樹を悪く言おうとしない瀬谷に俺の苛々《いらいら》が募っていく。今夜は思う存分貴樹の悪口を聞きたい、そして言いたい気分なんだと大声を上げた俺は相当酔っていた。

「ないわけねえだろっ！　貴樹がどんな奴か、お前はぜんっぜん、わかってないよ」

「島田さん、飲みすぎじゃあ……」

「うるせえって」

騒いでいる酔っ払いの声をうるさいな、と思った記憶はある。ふとそれが自分の声だと気づき、こんな新人相手に一体何を絡んでるんだ、と反省したような気もする。が、すでに俺

は泥酔状態だったようで、

「貴樹はなあ、本当に酷《ひど》い奴なんだよ。お前だってホントはそう思ってんだろ?」

などと呂律《ろれつ》の回らない口調で、『困った』以外表現のしようのない顔で俺を見つめる瀬谷に絡みに絡み——いつの間にかその場で潰《つぶ》れてしまったようだった。


気持ちが悪い——。

飲みすぎてしまった、と思いつつごろりと寝返りを打った俺は、とてつもない違和感を覚えそろそろと目を開いた。

「……」

外はすでに明るくなっているようだ。わずかに開いたカーテンの間から差し込む陽《ひ》の光に照らされた室内はどう見てもホテルの一室のようだった。

ホテル——ホテル?

「ん……」

一瞬唖然とした俺の背後で人の呻《うめ》く声が聞こえ、寝ていたベッドがぎし、と軋《きし》んだ。

「え?」

俺は慌てて後ろを振り返り、そして――。

「ええ⁉」

驚きのあまり思わず起き上がり、一糸纏《まと》わぬ自分の姿にまた、

「えええ？？？」

と大きな声を上げてしまった。

「んん……」

その声に呼応するように、俺の横でやはり裸で寝ていた男が小さく呻いた。男の目がゆっくりと開いてゆく。唖然、どころか愕然《がくぜん》としたまま俺は、言葉を失い、男がまさに目覚める瞬間を見守ってしまっていた。

「あ……おはようございます」

うっすらと開いた瞳《ひとみ》で俺を認識したらしい男がまだ寝ぼけているような声を出し、半身を起こそうとした。逞《たくま》しすぎる胸の筋肉に続き、綺麗に割れた腹筋が毛布の下から現れる。均整のとれた逞しい裸体を惜しげもなく俺の前に晒《さら》しつつあるのはなんと――瀬谷だった。

「な……なんで？」

驚きのあまりそう呟《つぶや》いてしまった俺の脳裏にぼんやりと昨夜《ゆうべ》の記憶が蘇ってくる。

『なんで』も何もなかった。昨夜、瀬谷をホテルに連れ込んだ情景が怒濤《どとう》のように頭に押し寄せてきて、ますます俺は全裸の彼を前に絶句してしまったのだった。

どうしてそんなことになったんだったか——そのあたりの記憶は綺麗に抜け落ちてしまっているのだが、酔っ払った俺をタクシーに乗せようとする瀬谷の手を無理やり掴《つか》んで、このビジネスホテルまで引っ張ってきたのは確かに俺だった。泥酔していたにもかかわらずフロントでチェックインするときに社員証を示し、会社割引を求めたのも俺だ。そしてこの部屋で瀬谷をベッドに押し倒し、上に乗っかってしまったのも、紛《まご》う方なく——俺、だった。

『あ、あの……』

何がなんだかわからないといった感じの彼のベルトを外し、トランクスの中から彼自身を掴み出して扱《しご》き上げた。次第にそれが硬く大きくなっていくうちに自分も興奮してきてしまい、むしゃぶりつくようにそれを口に含み、舌と唇で攻め立てた。

『う……っ』

口の中に広がる彼の味が貴樹のそれと違うことが、俺の劣情を駆り立てていた。口に収まりきれぬほどに大きくなったそれを舐《ねぶ》りながら俺は自分で服を脱ぎ、全裸になると、今度は呆然と俺を見上げる彼の服を脱がせ始めた。

『あ、あの……』

驚きのあまり抵抗することも忘れてるらしい彼から服を剝《は》ぎ取り、俺は彼の腹に乗っかると、指で軽く自身の後ろを解《ほぐ》したあと、怒張しきった彼のそれを摑んだ。

『……っ』

いつも貴樹のそれを咥《くわ》え込んでいた場所に導き、ゆっくりと腰を下ろしてゆく。ずぶずぶと自身の雄が俺の中に呑《の》み込まれていくのを、瀬谷は『啞然』としか言いようのない顔で見つめていた。

『ぁ……っ』

すべてを収めきり、べたりと彼の腹の上に腰を下ろしたとき、貴樹より一回り大きいその質感に俺は小さく息を漏らした。上になるのはあまり得意ではなかったが、決して嫌いではなかった。いつもより奥深いところを抉《えぐ》るその感触を楽しむように、俺はゆるゆると腰を動かし始めた。

『……うっ……』

驚きに目を見開いていた瀬谷の眉《まゆ》が顰《ひそ》められ、上がる息を抑えようとして唇を嚙《か》む。眉間《みけん》の縦皺《たてじわ》がやけにセクシーに見え、俺の腰の動きを速めていった。

『あっ……はぁっ……あっ……あっ……』

自分の感じるスポット目がけて激しく腰を上下させる。かさの張った部分が内壁を擦《こす》り上げ擦り下ろすことで生まれた熱は次第に俺の内から肌へと伝わり、全身に汗が滲《にじ》み始めた。

『あっ……んんっ……んっ……』

身体の熱はやがて俺の脳を侵し、滾《たぎ》るような熱さの前に思考が失われてゆく。俺はただただ身体が求める快楽の極みを追求しようと、彼の上で髪を振り乱し、無心に腰を動かし続けた。

『あっ……あっ……あっ……あっ……』

二人の下肢がぶつかり合う、パンパンという高い音が室内に響き渡る。すっかり勃《た》ち上がった俺自身から零れる先走りの液が、接合部がぶつかり合うたびに彼の腹へと零れ、ぬらぬらと濡《ぬ》れた輝きを見せていた。

『はぁっ……あっ……あっあっ……』

下からの突き上げは当然のようになかった。何が起こっているのかが把握できているかも怪しいくらいだからそれを期待するほうが間違っている。だんだんと息も切れてきてしまい、俺は一気に絶頂を目指そうと自分で自分の雄を握り激しく扱き上げた。

『あっあっ……ああっ……』

昂《たか》まりきっていた俺はすぐに達し、手の中に白濁した液を飛ばしていた。

『う……っ』

それを受けて激しく収縮する後ろの動きに耐えられず、瀬谷も達したようだった。ずしりとした彼の精液の重さを感じながら、荒い息の下、俺は彼の胸へと倒れ込んだ。

『……あの……っ』

瀬谷が整わない呼吸のまま、何事かを俺に問いかけようとする。その唇を俺は強引なまでのキスで無理やり塞《ふさ》ぎ、彼の言葉を封じて、そして——。

「あの……」

　瀬谷のおずおずとした呼びかけに、俺ははっと我に返った。困り果てたような顔の彼を前に、なんということをしてしまったんだ、という後悔が怒濤のように押し寄せてくる。いくら泥酔していたからといって、新人相手に強姦《ごうかん》するように——って、突っ込まれたのは俺なんだが——関係してしまうなんて、なんとも言い逃れのしようがないじゃないか、と動揺するばかりで、少しも考えが追いつかない。

「悪い!!　酔っ払ってた！」

「あの……」

　それでも一応の謝罪はしないとと詫びた俺に、瀬谷がますます混乱したような顔になる。混乱しているのは俺も一緒で、

「本当に悪かった！　犬にでも噛まれたと思って勘弁してくれっ」

　自分でやっておいて『犬にでも噛まれた』はないという自分のツッコミが聞こえなくもなかった上に、これじゃ強姦された相手への常套句《じょうとうく》じゃないかと思わないでもなかったが、他《ほか》になんとも言いようがなく、俺はそれだけ言い捨てると床に散らばる服を一抱えにしその

まま部屋を飛び出した。

「あのっ」

背中に瀬谷の声が刺さったが無視して裸で外に出る。まだ早朝で廊下が無人なのがありがたかった。ドアを背に俺は大車輪で服を身につけ、エレベーターへと走った。ぜえぜえ言いながらすぐにやってきたエレベーターに乗り込み、一階のボタンを押す。

「………どうすんだ、俺」

ウイン、と音を立てて降下するエレベーターに、くらりときてしまっただけではない眩暈《めまい》が俺を襲う。今までの人生で、酔った勢いで行きずりの女や勿論男とホテルに行ってしまったことなど一回もなかったというのに、よりにもよって同じ課の新人と無理やり関係してしまうとは、昨夜の俺は一体何を考えていたというのだろう。

何より今日からの会社生活を思い、どうすりゃいいんだ、と俺は大きく溜め息をついた。瀬谷の席は俺の向かいだ。嫌でも顔を突き合わせて仕事をしなければならないわけだが、一体どんな顔して向かい合えばいいんだ、とまた溜め息をついたとき、エレベーターは一階に到着した。

「ありがとうございました」

フロントマンが笑顔で見送る中——宿泊代はチェックインのとき俺がカードで払ったのだった。泥酔してても押さえるところは必ず押さえる自分はほとほとA型だと思う——俺はホテルを飛び出し、建物の前で客待ちをしていたタクシーに乗り込んだ。

「東高円寺《ひがしこうえんじ》」

運転席の時計を見ると午前七時過ぎだった。一旦《いったん》家に帰ってシャワーを浴びて出社しても余裕で間に合う時間であることにほっとし、俺は自宅の最寄《もよ》り駅を運転手に告げると、やれやれ、とソファに深く身体を沈め、目を閉じた。

『あの……』

何がなんだかわからない、といった表情の瀬谷の顔が閉じた瞼《まぶた》に蘇る。俺だって何がなんだかわからないよ、と溜め息をつき目を開いて眺めた車窓の風景は、あまりに見覚えのある会社の近所のものだった。

「…………」

二時間後にはまたこのあたりに戻ってくる上に、彼と顔を合わせなきゃならないのか、と思っただけで俺は頭を抱えたくなった。

瀬谷はどう見ても遊び人には見えない。

『いやあ、昨夜はすっかり酔っ払っちゃってさ』

『僕も相当酔ってたみたいです』

『ま、酒の席のことだ。なかったことにしようぜ』

『そうですね』

などと簡単に済ませられる相手ではちょっとなさそうだった。謹厳実直が服を着ているような大真面目な彼のことだ、

『島田さんに犯されました』

などと課長や先輩に相談でもされてしまったらどうしよう——あり得るかも、と青くなった俺の脳裏にふと瀬谷の最も近しい『先輩』である、教育係の貴樹の顔が浮かんだ。

「…………」

貴樹になど相談されてしまったら——とますます青くなりかけた俺の頭に、昨夜あれだけ俺に衝撃を与えた彼の言葉が蘇った。

『別れよう』

そうだ、貴樹には昨日、別れを宣告されていたのだった——そんなショッキングな事実を朝目覚めてから今の今まで忘れていた自分に呆《あき》れてしまう。

貴樹の別れ話以上にショッキングというか頭を抱える出来事が起こってしまったせいか、彼の別れの言葉が頭に浮かんでも、俺の胸に昨夜の痛みが蘇ることはなかった。そういう意味ではあのハプニングとしかいえない瀬谷とのセックスも俺の心のケアには役立ったのかも——そんなことを考えている自分にふと気づき、無理やりポジティブになってどうする、と俺は自分の馬鹿げた思考に大きく溜め息をつくと、またシートに深く腰かけ、流れゆく車窓の風景へと目をやった。ちょうど車は俺の会社の前を通り過ぎるところである。

それにしても別れを告げられた男を斜め向かいに、酔った勢いで関係してしまった男を向かいの席に見ながら、俺は仕事をしなきゃいけないってわけか、と考えただけで眩暈がする。

「……冗談じゃないぜ」

今日からの会社生活を思い、途方に暮れるあまりに思わずぼそりと呟いてしまった俺を乗せ、タクシーは早朝のオフィス街を疾走していった。

2

神様というのはよくしてくれるもので——という俺は無神論者なのだが——会社内で人間関係に著しく悩みそうだった俺は、その日出社した途端仕事上のトラブルに巻き込まれ、『悩む』どころではなくなってしまった。

本部の重要取引先にwebでの発注のプログラムを導入したのだが、その主サーバーがダウンし、発注が混乱、とんでもない大騒ぎになったのである。まずは取引先本社に詫びを入れ、そして埼玉《さいたま》にあるサーバーの管理会社に状況を聞きに行き、と俺はその日も翌日も文字どおり東奔西走せざるを得なくなり、自席につく間はほとんどなかった。

ようやくトラブルが回避できたのは三日後の夜のことだった。

この三日間、俺が貴樹とも瀬谷ともほとんど顔を合わせずに済んだのは、本当に神様がくれた幸運としか言いようがなかった——俺はすでに深夜近いために無人になっているフロアを見回し、やれやれ、と溜め息をついた。

仕事に没頭せざるを得なかったこの三日は、別れを告げられたことへのショックと、そして何より酔っ払って関係を持ってしまった事実に対し、俺にとっていい冷却期間になってくれていたのだ。時の流れは忘却を促す。たった三日ですっきりとすべてを忘れるほど、さすがに俺の頭は単純にはできちゃいなかったが、三日前よりは随分落ち着いて、俺は自分のこと、そしてこれからのことを考えられるようになっていた。

懸案は二つあった。まずは貴樹とのこと。『別れよう』と一方的に告げられはしたが、このまま彼の言いなりに別れてしまってもいいのか、と俺は次第に思うようになっていた。『飽きたんだ』――あまりにあっさりと言われてしまった驚きにあの場では一言も言い返すことができなかったが「はいそうですか」と納得できるようなことじゃない、という当然の憤りを抑えられなくなってきたのだ。

二年間も付き合った俺たちの仲を、あの社員食堂で告げた『別れよう』だけで終わりにしようなんてあんまりだ。一言貴樹に言ってやらなければ、という俺の憤りの裏側には、自分でも笑ってしまうほどの彼への未練が込められていた。

俺が言いたいのは「あんまりだ」じゃなく、「考え直してくれ」という言葉に違いなかった。このまま別れてしまうなんて嫌だ。元の鞘《さや》に収まれないだろうかと考える自分の女々しさが情けなかったが、自分の気持ちは変えられなかった。明日にでも貴樹に話をしてみよう、と俺は心を決め、そろそろ帰ろうと机を片づけ始めた。

ふと机の上に置かれた電話メモの応対者に『瀬谷』という几帳面なほどに丁寧な字が目に飛び込んできて、次の懸案はこれだ、と俺は小さく溜め息をついた。三日前に先にホテルを飛び出して以来、瀬谷とは一言も口を利いていなかった。俺が想定した最悪の事態——瀬谷が上司や先輩に俺に『犯された』などと相談するのではないか、ということだ——は幸いにして免れてはいたが、早朝、または深夜にちらと見かける瀬谷はあの日以来、前にも増してぼんやりしているようで、今まで以上に貴樹に罵倒されていた。いきなり先輩社員の俺に裸にされた挙げ句に上に乗っかられたのだ。動揺するなというほうが無理だと思い、内心俺は彼に手を合わせて詫びていたのだったが、彼が俺に向けてくる『熱い』としか言いようのない視線に、正直戸惑っていた。

あの日以降、突然のトラブルに朝から晩までバタバタしてはいたものの前の席から物言いたげに俺を見つめる瀬谷の視線に俺は気づいていた。気づいちゃいたが、とても話をする時間がなかった——というのは単なる言い訳なのだろうが——俺はこの三日、彼を無視し続けていたのだった。

真面目な男なだけに、あのたった一度のアヤマチを本気ととってしまったんじゃないだろうか、と驕《おご》ったことを考えるくらい、瀬谷は常に俺を見ていた。瀬谷に惚れられたのではないかと自惚《うぬぼ》れるほど俺も自信家ではない。が、ついそんな自信を持ってしまうほどに、彼の熱い視線は俺に纏わりつき、多忙を極めながらも俺は参ったなあ、と密《ひそ》かに溜め息をついていたのだった。

三日も経ってしまったが一度彼にはちゃんと詫びたほうがいいんだろうな、と俺は溜め息をつくと、几帳面な字で綴《つづ》られた彼のメモをぽん、と机の上に放った。

しかしなんだって俺はあの夜、瀬谷をホテルになど連れ込んでしまったのだろう——どうせ終電は出たあとだしゆっくりするか、と俺はどさりと音を立てて再び椅子に座ると、腕組みをしてあの夜のことを思い出そうと努力し始めたが、店で潰れたあとホテルに入るまでの間のことは、どうにも曖昧《あいまい》で、はっきりと思い出すことはできなかった。

『あの……っ？』

戸惑いを隠せない瀬谷の顔が俺の脳裏に蘇る。抵抗もせず俺のするがままに任せていたのは驚きすぎて身体が動かなかったのか、それとも先輩に逆らっちゃいけないという刷り込みがそんなところにまで働いてしまったのか——。

『……うっ』

いきなり扱き上げた彼を口に含んだときの、これ以上はないというほどの驚きに目を見開いた彼の顔が俺の頭に浮かんだ。

自分で動きながら喘《あえ》ぎまくっていた俺の下で、抑えたような声を上げた彼の声が、顰められた眉が、次々と俺の記憶から蘇ってくる。

それにしてもいいカラダをしていたな——貴樹もジムに通ってなんちゃらという有名なト

レーナーにつき、体脂肪率一桁《ひとけた》という見事な体躯《たいく》を誇っていたが、瀬谷はそれよりも一回り逞しく、それでいて筋肉の重さを感じさせない、見惚れるような身体の持ち主だった。綺麗に割れた腹筋、盛り上がる胸の筋肉――太腿《ふともも》の筋肉も発達してたな、と俺はいつしかうっとりと彼の裸体を思い描いている自分に気づき、欲求不満か、と慌てて頭を振ってその像を追い出すと、これ以上考えるのはやめよう、と帰り支度をし始めた。

早いうちに彼にはちゃんと話そう――あれは酔った上でのアヤマチだ。無理やり犯して――しつこいようだが、突っ込まれたのは俺のほうなんだが――悪かった。犬にでも噛まれたと思って諦《あきら》めてくれ――。

どういう言い方をしても、陳腐にしか聞こえない。やったことがやったことだけに仕方がないんだろうが、それにしても俺はなぜにそんな『陳腐な』行為に及んでしまったというのだろう。

「…………」

それがわかれば苦労はないか、と俺はまたループしそうになっていた思考を自ら止めた。理由を考えるよりもまず、どんなに陳腐であっても瀬谷に納得してもらうのが先決だと思ったからだ。

『……うっ……』

抑えたような声が妙にセクシーだった――下肢をぞくりとした感覚が一瞬過《よ》ぎる。それはあの日、咥え込んだ彼の質感が蘇ってしまったからだった。

見事な体軀を裏切らない、あの、立派な――またもうっとりとあの夜のことを思い出していた自分に気づき、本当に俺は欲求不満なんじゃないのか、と酷い自己嫌悪に陥った。あの夜の自分はそれこそ欲求不満さながら、これでもかというくらいに彼の上で乱れまくったんじゃないかと思う。是非とも彼にはそんな俺の姿を綺麗に記憶の中から抹消してほしかったが、もし俺が彼だったら当分忘れられないだろう――というより、俺のことをこの先ずっと『淫乱《いんらん》な奴』として認識してしまうだろうな、と俺はますます憂鬱になった。

無理は承知であの夜のことは『なかったこと』にしてもらおう、と、あまりに自分勝手なことを考えつつ、今日は帰るか、と俺はようやく疲れ果てた身体を騙《だま》すようにして立ち上がり、社をあとにしたのだった。

翌日、俺は課長になんとかトラブルが解決したと報告したあと、貴樹に『今夜二人で話したい』とメールを打った。今までも俺たちは、『今晩泊めてくれ』というような、口に出すのは憚られるようなやりとりをメールでしていた。斜め向かいに座っていながら、メールでやりとりするという秘密めいた雰囲気を楽しむ子供っぽさを互いに有していた俺と貴樹は、口で言えばいいようなことまでメールに乗せることがあった。まるでチャットのように、ポンポンと会話がメールの上で進んでゆく。時折ちらと目を見交わし、馬鹿なことをやってるな、と笑い合うときのくすぐったいような気持ちは随分俺をときめかせたものだったのだが、今日の俺のメールには、貴樹は席にいたにもかかわらず、返事を寄越してこなかった。宛先を間違えたかと俺は自分の送ったメールをチェックしたり、メールサーバーがダウンしてるんじゃないかと自分宛にメールを打ってみたりもしたが、宛先はしっかり貴樹になっていたし、自分宛のメールも二秒もしないうちに届いた。

貴樹が俺のメールを無視したのだ——その事実を俺が認めることができるのには数時間を要した。夜になり、彼が課長と一緒の接待へと向かうべくパソコンの電源を落とすまで、俺はずっとメールを開き、彼の返事を待ち続けていた。

「お先に」

残っている課員たちに向かい、貴樹が唇の端を上げるようにして微笑《ほほえ》んで、そう声をかけたとき、俺は思わず彼の顔を見上げてしまったのだったが、彼が俺を見返すことはなかった。代わりに、というわけでもないだろうが、俺の向かいの席から、瀬谷が俺へと視線を向けていた。今日も一日中、向かい合わせに座りながら瀬谷は俺の姿を目で追っていたように思う。それがわかったのはとりもなおさず、瀬谷の隣、斜め向かいの席に座る貴樹の姿を一日追ってしまっていたからだった。

貴樹を見る俺の視界の片隅には、常に俺を見つめる瀬谷の姿があった。話をしたい貴樹には綺麗に無視され続けた代わりに、話したくもないが話さざるを得ないだろうと思っている瀬谷の視線を感じ続けていた俺の心は、次第にやさぐれつつあった。俺が欲しいのは貴樹の視線だ。お前じゃない——貴樹が課長の後ろに続きフロアを出てゆくのを見送ったあと、俺は目の前の瀬谷をじろりと睨《にら》みつけると、

「お先に」

と立ち上がった。

「島田、早いじゃん」

隣の席に座る三雲先輩が、突然立ち上がった俺に驚いて声をかけてきた。

「三日も深夜でしたからね」

「そらそうだ」

肩を竦《すく》めた俺に、三雲先輩が納得したように笑うのも、目の前の瀬谷は見つめていた。

「慰労してやるよ。軽く飲み行かない？」

「ラッキー。奢りっすか？」

とても飲みに行くような気分ではなかったが、落ち込んだまま一人家に帰る気分でもなかった。三雲先輩との飲みは、先輩が新婚であることもあって大抵は一次会でお開きになる。それこそ『軽く』飲むのも悪くないか、と俺は久々の先輩の誘いに乗ることにした。

「最初の一杯だけな」

「ぐるなびクーポン持ってくから最初の一杯はみんなタダ、なんてオチじゃないでしょうね？」

「ばれたか」

軽口を叩《たた》き合う俺たちを瀬谷は相変わらず見つめていたのだったが、その視線に三雲先輩も気づいたらしい。

「瀬谷も行かない？」

いきなり彼を誘ったのには俺も驚いたが、瀬谷はそれ以上に驚いたようだった。

「はいっ⁇」

いきなり直立不動になった瀬谷のリアクションに三雲先輩はぎょっとしたように目を剝《む》いたが、そこは七年目の余裕ですぐに笑顔になると、

「今日はキビシイ教育係の香川も接待だし、お前もたまには羽伸ばさない？」

と更に彼を誘った。三雲先輩も貴樹の指導の厳しさ——というか、キツさには思うところがあるのかもしれない。

「はい……」

瀬谷がどうしよう、というように俺をちらと見た。先ほど俺が苛つく気持ちのままに睨みつけたのを気にしているらしい。

「仕事が大丈夫そうなら行こうぜ」

先輩の手前、どう見ても俺の顔色を窺《うかが》ってるのがミエミエの彼に、そう声をかけるしかなかったのだが、瀬谷はあからさまにほっとしたような顔になると、

「はいっ」

と、また直立不動で返事をし、がたがたと机を片づけ始めた。

「三幸園《さんこうえん》でも行くか。この時間ならまだ空いてんだろ」

「ぐるなびクーポン使えないけどいいですか？」

「馬鹿」

あはは、と三雲先輩はまた笑うと、まだ残ってる若手に「三幸園にいるから」と声をかけ、
と俺と瀬谷を振り返り、俺たちは三人揃《そろ》って社をあとにしたのだった。

「それじゃ、行くか」


「それにしてもさ、ほんと、香川は凄《すご》いよな」

三幸園は餃子《ぎょうざ》が美味《おい》しいので有名な会社の近所の中華料理店だった。深夜二時まで開いているため、ひと残業したあと皆してよく飲みに来る場所だ。店が最も混雑するのは、午後九時半から十一時という時間帯なので、七時過ぎに訪れた俺たちは待たされることなく席につき、餃子とビールにありつくことができたのだった。

ビールの大瓶を数本開けたあと、すぐに紹興酒に移行したピッチの早さは、瀬谷の飲みっ

ぷりのよさが原因だった。四日前にも思ったのだが、どんなに飲ませても瀬谷は少しも酔っている素振りを見せないのだ。同じピッチで飲んでいた三雲先輩などはすでに顔は真っ赤で呂律も怪しくなっているのだが、瀬谷は顔が赤くなることもなく、相変わらず大真面目に先輩の言葉にいちいち大きすぎるほどのリアクションをとり続けていた。

「本当に凄い人だと思います」

さっきから会話は、貴樹が今取り組んでいる某大手ドラッグストアとの提携事業のことで盛り上がっていた。すでに日経をはじめとする各誌に記者発表されているこの案件は、本部挙げての大事業になりつつある。それを弱冠三年目の貴樹が仕込みからここまでカタチにしたということで、本部長から直々《じきじき》にお褒めの言葉をちょうだいしただけでなく、今年の社長表彰にも選ばれるのではないかと全社でもっぱらの評判になっていたのだった。

貴樹の賛辞を繰り返す三雲先輩とその賛辞にいちいち肯定的な相槌《あいづち》を打つ瀬谷の会話が先ほどから延々と続いている。それを聞いているのが俺はだんだん辛《つら》くなっていた。確かに貴樹が凄い男だというのは事実だが、その『凄い男』が俺に対してしたことをどうしても思い出してしまうからだ。

『別れよう』

あっさりと告げられた別れの言葉が、

『飽きたんだ』

更にあっさりと告げられたその理由が、考えまいと思っても頭に浮かんでくる。今日、俺のメールを完全に無視した彼の真意を思い、溜め息をつきかけてしまった俺は、

「島田も香川みたいな優秀な同期と同じ課じゃ、苦労するわな」

という三雲先輩の声に、我に返った。

「苦労はしてないですけど」

慌てて打った俺の相槌に、三雲先輩は、いやいや、と首を横に振り、

「上からの評価って意味でさ。どうしても比べられちゃうじゃない」

と真っ赤な顔を俺に寄せてきた。

「まあ、あいつは特別だからなあ。三年目にして将来の役員候補だなんて言われてる奴、他に聞いたことないし」

「今から取り入っておこうかなあ」

「お前、プライドないぞ」

俺の軽口に三雲先輩が豪快に笑う声が店内に響いた。早く話題が貴樹から逸《そ》れるといい、と思う俺の心は三雲先輩に通じるわけもなく、それからあとも延々と酔っ払い特有のしつこさで先輩は貴樹を褒めそやし、俺をやりきれない思いに陥らせてくれたのだった。

『軽く』飲むはずだったのに、酒がすぎたからか俺たちが店を出たのは十一時を回った頃だった。

「俺は神保町《じんぼうちょう》から帰るから」

それじゃ、と三雲先輩が手を振るのに、結局全額奢ってもらったこともあり、俺と瀬谷は、

「お疲れ様でした」

と深々と頭を下げて見送った。ふらふらと駅への路を歩いていく先輩の後ろ姿を見ながら、なんだか疲れたな、と溜め息をついてしまった俺は、

「あの」

不意に後ろからかけられた瀬谷の声に、ますます己の疲労が増幅するような気分に陥った。もしかしたら彼に先日のことを詫びるのに、ちょうどいい機会が訪れたのかもしれなかったが、今の俺にはその気力がなかった。

「悪い、俺、急ぐから」

それじゃ、と瀬谷の顔も見ずに俺は神保町駅へと向かう三雲先輩のあとを追うように走り出していた。いつもは営団線を使うのだが、このまま瀬谷と二人で帰路につく面倒さを避けたかったのだ。

「あの」

そんな俺の背に彼の物言いたげな声が響いたが、俺は振り返らなかった。彼にきちんと話をする時間は改めてちゃんととるから、と心の中で自分に言い訳しつつ、俺は追いつきそうになった三雲先輩をも避けるように歩調を緩め、一人都営新宿線の改札を潜《くぐ》った。

新宿方面の電車に乗り込んだとき、ふと、貴樹の家に行ってみようか、という気になった。接待が終わった彼がそろそろ帰宅する時間なんじゃないかと思ったからだ。自覚はしていないが俺は相当酔っていたのかもしれない。メールで誘って駄目なら直接会いに行くしかないじゃないかと思い始めたら、いてもたってもいられなくなってしまったのだった。貴樹がメールを無視したのは、俺とはこれ以上、何も話す気がないということなのだろうと、少し冷静に考えればわかるはずだったのに、酔いが俺から冷静さを奪い、行けばなんとかなるのではないかという妙な思い込みを植えつけていた。

彼の部屋には、俺のスーツやらシャツやらがキープしてあった。行為のあと、そのまま泊まったとき用に、互いの部屋に着替え一式を俺たちはキープし合っていたのだ。それを取りに来たという口実で彼の部屋を訪ねてやろう、と俺は自分の思いつきに満足しつつ、よし、と拳《こぶし》を握り締め、電車が貴樹のマンションのある初台《はつだい》に到着するのを待った。

このまま別れるなんて嫌だ——初台に到着し、そこから徒歩十五分ほどの貴樹の部屋への道を歩きながら、まるで熱に浮かされたように俺はそれだけを考えていた。夕方から重い雲が立ち込めていた空から、ぽつ、ぽつ、と細かい雨が降り始めたが、なんだか傘を買う時間も惜しくて、このくらいなら大丈夫かと俺は足を速め、通い慣れた貴樹のマンションへと急いだ。

マンションに到着する頃には雨は結構な降りになっていた。濡れた前髪が額に張りつくのが鬱陶しいとかき上げた指先が、すっかり冷たくなっている。酔っているせいか寒さは感じなかったが、こんな雨に濡れた姿で部屋を訪れるのを、貴樹がパフォーマンスと思わないといいのだが、と変な心配をしながら、俺は彼の部屋のインターホンを押し、貴樹の応答を待った。

「おかえり」

目の前で勢いよくドアが開く。

「あ」

「あ」

ドアの内側と外側で、驚きの声が上がった。弾む口調で満面の笑みを浮かべ俺にドアを開いてくれたのは貴樹ではなかった。まだ少年といってもいいような華奢《きゃしゃ》な身体に、色白のまるでハーフと見紛う綺麗な顔をした男が、驚いた顔をして俺を真《ま》っ直《す》ぐに見つめていた。

「す、すみません。部屋を間違えました」

「ああ」

なぜ――そんな嘘《うそ》を言ってしまったのかわからない。男は、なんだ、というような顔になると、頭を下げた俺に愛想よく笑ってドアを閉めた。バタン、と目の前で閉ざされたドアを俺は暫し呆然と見つめていたが、やがてのろのろと踵《きびす》を返し、再び雨の中、駅へと向かって引き返し始めた。

貴樹の部屋にいたあの若い男——あの男は、貴樹の新しい恋人なのだろうか。

深夜近いこの時間、部屋で貴樹の帰りを待っていたあの男の存在が恋人じゃなくて他になんだというのだろう、と降りしきる雨の中、俺は自嘲《じちょう》に顔を歪《ゆが》めた。

なんということだろう。別れを告げられてまだ四日目だというのに、貴樹にはすでに新しい恋人がいた。しかも俺より若く、俺なんかとは比べ物にならないくらいに綺麗な顔をした恋人が——俺が鳴らしたインターホンを貴樹が帰ってきたのと勘違いし、うきうきとした様子でドアを開いた男の顔が俺の脳裏に蘇る。

薔薇《ばら》色に輝く頬《ほお》も、大きな瞳も、薄紅《うすあか》く色づく唇も——俺が何一つ持っていないアイテムが形作る美しい顔をしたあの若者と、貴樹はいつから付き合い始めたというのだろう。あんなに綺麗な子と付き合い始めたのだったら、俺にそれこそ『飽きて』しまうのも無理のない話かもしれない。

「…………」

そこまで自虐的に考えることもないか、と俺は自嘲し、濡れた前髪をかき上げた。額に張りつく髪も不快なら、スーツが雨を含んでじっとりと重く身体に纏わりつくのも不快だった。ここまで濡れてしまっては傘を買う気にもならない。嫌がられるかもしれないが、タクシーにでも乗ろうかと、そろそろ近づいてきた初台駅のタクシー乗り場へと目をやった俺は、そこに佇《たたず》んでいた思いもかけない男の姿に驚き、その場に立ち尽くしてしまった。

そこにいたのは——瀬谷だった。

「あの……」

瀬谷も俺の姿を認めたようだ。駅の売店で買ったらしいビニール傘を差したまま、ゆっくりした歩調で俺のほうへと近づいてくると、呆然と彼を見やっていた俺にその傘を差しかけてきた。

「あの……」

「なんでお前がここにいるんだよ？」

驚きが去ったあと、どうにもならないほどの憤りが俺の胸に芽生え、気づいたときには俺は瀬谷を怒鳴りつけてしまっていた。

「……すみません」

おどおどと目を伏せた彼に、更に怒りが煽《あお》られる。

「すみませんじゃないよ。あとでもつけてきたのかよ？」

それ以外、瀬谷がこの場にいる理由を俺は思い当たらなかった。広い肩をすぼめるようにして立ち尽くす瀬谷が何も言わないのを肯定と判断し、俺は再び、

「なんでそんなことするんだよ？」

と瀬谷を怒鳴りつけたあと、その答えを聞くのも忌々しいと彼の胸をどんと突き、そのまま駅の改札へと向かった。

「あの」

瀬谷が慌てて俺のあとを追ってくる。

「もうついてくるなよ」

顔を見るだけでも腹立たしいと俺は振り返りもせずそう言い捨てると、ホームへの階段を駆け下りた。背後で瀬谷の足音が聞こえる。ついてくるなと言ったろう、と再び怒鳴りつけてやろうかと思ったが、ちょうどホームに電車が滑り込んできたこともあり、俺はそのまま開いたドアに飛び込んだ。はあはあと乱れる息を整えようとドアに凭《もた》れかかり、外を見る。外の暗闇《くらやみ》がドアのガラスを鏡に変え、頭からずぶ濡れの情けない俺の姿が映って見えた。

『おかえり』

あのハーフのような美貌《びぼう》の若い男とは比べ物にならない平凡な顔が、途方に暮れたように俺を真っ直ぐに見つめている。そんな自分の姿を見続けることに耐えられず、俺はドアに背を預け視線を車内へと向けた。

「……」

車内にはまばらにしか乗客はいない。が、たとえ満員電車であっても目立つに違いない瀬谷の長身を同じ車両に見つけ、俺は忌々しさから舌打ちすると再びドアの方へと向き直った。

一体瀬谷は何を思って俺のあとなどつけてきたというのだろう——貴樹の部屋で新しい彼の恋人に出くわしてしまったことへのやりきれなさが、俺の思考を普段以上に攻撃的にしていた。朝から晩まで物言いたげな熱い視線を向けてきていた瀬谷に対する苛々が一気に込み上げてきたのは、どう考えても八つ当たりだったが、苛つく気持ちを抑えることはできなかった。

『あの』

おどおどしたあの態度を見ているだけでもむかついてくる。まさかあの夜のことが忘れられない、もう一度ヤらせろとでも言うんじゃないだろうなと考え、冗談じゃない、と溜め息をついたところで電車は新宿《しんじゆく》駅に到着した。

新宿から丸ノ内《まるのうち》線に乗り換えるときにも瀬谷は俺のあとをついてきた。ストーカーかよ、とまた怒鳴りつけてやろうかとも思ったが、終電近いために混雑している電車の中で目立つのも嫌だなと完全無視を決め込むことにした。十分も経たないうちに俺の住む東高円寺駅に到着し、多くの乗客と一緒に改札を抜けた俺は、相変わらず降りしきっていた雨を前にどうするか、と暫し佇んでしまった。

「あの」

おずおずとした声が後ろから聞こえ、半ば予測していたとはいうものの、俺はじろりと肩越しに声をかけてきた瀬谷を睨みつけた。

「これ、よかったら」

瀬谷が俺に自分の持っていたビニール傘を差し出してくる。何が『よかったら』だ、と俺は更に凶悪な顔で彼を睨むと、誰がお前に傘なんか借りるか、という気持ちのままに雨の中を駆け出した。

「あのっ」

驚いたような彼の声が背中でしたと思ったと同時に、バシャバシャと俺のあとを駆けてくる彼の足音が聞こえてくる。

「島田さん、傘、傘使ってください」

あっという間に俺に追いつき、後ろから傘を差しかけてくる瀬谷を、足を止めることなく俺は肩越しに振り返り、怒鳴りつけた。

「うるさいっ！　ついてくるなっ」

「あの、せめて傘を……」

「うるさいっ」

いい加減にしろ、と俺は振り返りもせず、ただひたすらに家に向けて走り続けた。東高円寺の駅から公園を抜け、徒歩十分ほどのところに俺の住むアパートはある。土砂降りの中全力疾走したおかげで、今日は五分くらいで到着したものの、実際鍵《かぎ》を開けようとした俺の指先は寒さと荒い息遣いに震え、なかなか鍵穴に鍵が入ってくれなかった。

「……まったくもう」

呟く声も震え、カチカチと歯の根が合わなくなってきている。五月とはいえ雨に濡れそぼ

った身体が寒さに震え始めていた。すぐに風呂に入って温まらなければ、と思いながらなかなか鍵穴に入らぬ鍵と悪戦苦闘していた俺の耳に、聞きたくもない足音が響いてきた。だんだんと歩調を緩めるそのおどおどとした足音を立てているのが誰なのか、振り返って見るまでもなく俺にはわかっていた。

「あの」

俺同様、はあはあと息を乱している声に、本当にもういい加減にしろと苛つく思いのままに俺は振り返り――。

「何やってんだよっ」

やはり俺同様、頭の先から爪先《つまさき》まで、びしょ濡れになって震えている瀬谷の姿に、俺は怒りも忘れ、思わずそう叫んでしまったのだった。

「何って……」

カチカチと歯を鳴らしながら、瀬谷が戸惑ったように問い返してくる。

「お前、傘持ってたんじゃないのかよ?」

「はい……」

頷いた瀬谷の手には、たたまれたままのビニール傘がしっかり握られていた。

『せめて傘をっ』

俺を追いかけ、必死で後ろから傘を差しかけてきた瀬谷の姿が俺の頭に蘇る。それで自分

が濡れてりゃ世話ないじゃないか、と俺は溜め息をつくと、

「……上がれよ」

なんとか鍵穴に鍵を差し込み、がちゃ、とドアを開いて彼にそう告げた。

「え？」

雨の雫が流れ落ちる瀬谷の顔が、ぽかん、としかいいようのない表情になる。

「風邪《かぜ》ひくだろ。上がれよ」

帰れ、と怒鳴りつけてやるつもりだったのに、びしょ濡れでがたがた震えている姿を見てしまっては、そうすることもできなくなった。俺に傘を差しかけようとしてここまで濡れたのだとわかるだけに尚更俺は、瀬谷を捨て置けなくなっていた。

「あの……」

瀬谷がますます戸惑ったような視線を俺へと向けてくる。

「上がれって言うのが聞こえないのかよっ」

「はいっ」

それでもやっぱりおどおどしている瀬谷の姿を前にしては苛つく心を抑えられず、思わず怒鳴りつけると、瀬谷はますますおどおどしながらも、

「お邪魔します」

と俺のあとについて部屋へと入ってきたのだった。

「先、シャワー浴びてこい。あったまるから」

玄関を入ってすぐのところに、風呂場がある。その戸を開けてやり、瀬谷にそう言うと、

「島田さん、先にどうぞ」

瀬谷は遠慮したんだろう、靴を脱ぎもせず、大真面目な顔で俺に言い返してきた。

「俺はあとでいいよ。さっさと浴びろって」

「僕こそあとでいいです。早くあったまったほうがいいです。風邪ひきます」

「お前だって風邪ひくだろう?」

「僕は大丈夫です」

いつもはおどおどしているくせに、なぜか瀬谷は今回は一歩も引かなかった。

「口論してる時間が惜しいだろ?　さっさと浴びろよ」

「島田さんのあとに浴びさせていただきます」

「いい加減にしろって」

帰れと言ってやろうか、と俺は瀬谷を振り返って睨みつけ——いつものびくついた眼差《まなざ》しではない、厳しいくらいの双眸《そうぼう》で俺を見返す彼を前に、うっと言葉に詰まった。

「僕より島田さんのほうがずっと寒そうです。先にあったまってください」

瀬谷の口調は静かな上に控え目ですらあったのだが、なぜか有無を言わせぬ強い意志を感じ、俺はそんな彼を前に絶句してしまった。どうしてそんな印象を抱くのか——濡れた髪を

かき上げたためにいつもは隠れている額が露《あら》わになった彼の顔が、普段より男っぽい印象を与えていたためか。伏せられているところしか見たことのなかった彼の瞳が、意外にも強い光を湛《たた》えていることに初めて気づいてしまったためか——なぜだか俺は玄関先で佇んだまま俺を見つめる瀬谷から目を外すことができなくなってしまい、暫しの間呆然と彼を見返していたのだが、そんな俺を捉《とら》えたわけのわからない呪縛《じゅばく》は、いきなり瀬谷の顔が歪んだと思った途端、彼が発した大きなくしゃみによって解かれることとなった。

「なんだよ、お前だって寒いんじゃないか」

自分でも理解できないような妙な緊張感に捕らわれていた俺は、瀬谷の間抜けにも聞こえる大きなくしゃみに吹き出した。

「す、すみません」

途端に瀬谷はいつもの彼に戻ったかのように、ぼりぼりと頭を掻《か》き、恥ずかしそうに俯《うつむ》いてみせる。その姿が俺に、なんともいえない安心感を与えたからだろうか。俺は自分でも思いもかけない提案を彼に示してしまったのだった。

「そしたらさ、一緒に浴びるか」

「え？」

何度か見たことのある、『鳩が豆鉄砲を食ったような』表情で、瀬谷が俺を見返してきたのに、俺は自分の提案が、彼の常識の枠を綺麗に外れていたことを今更のように悟った。

「お前がどうしても俺のあとがいいって言うからさ。なら一緒に浴びるかって……」

確かにウチの狭い風呂場で、ガタイのいい男二人が——俺はそれほど身体を作ってはいなかったが、『華奢』には程遠い、普通の体格をしていたのだ——一緒にシャワーを浴びる図というのは、うすら寒いものがないでもない。それでもまあ、男同士だし——と言いかけた俺は、初めてそこで、

「あ」

と、瀬谷が戸惑う視線を向けてきた理由に気づき、途端にバツの悪さを感じ黙り込んだ。目の前の瀬谷の顔が、見る見るうちに赤くなる。やっぱり『そう』とったのか、と俺は慌てて、

「べ、別にお前のこと、誘ってるわけじゃないから」

と言い添えたのだが、俺の言葉に瀬谷はますます顔を赤らめ、

「いや、そんな」

と意味のない言葉をぶつぶつと言い始めた。その姿を見た俺の頬も、いたたまれなさから次第に血が上ってくる。それこそ大の男が二人、頭の先から爪先までびしょ濡れの情けない姿で、玄関先で顔を赤らめて向かい合ってるこの図はなんなんだ、と俺はふと我に返り、自分たちのあまりに馬鹿馬鹿しい姿になんだか可笑《おか》しくなってきてしまった。

「いい加減風邪ひくから、入ろうぜ」

ほら、と俺は瀬谷の前で服を脱ぎ始めた。瀬谷が戸惑っているのは、四日前のあの行為が原因ということは聞かなくてもわかる。ならばその俺が、まったく『その気がない』ということを示せば、彼も納得するんじゃないかと俺は思いついたのだ。これを機会にあれは酔った上でのことで、深い意味はなかったとわからせるのも手かもしれない――そこまで考えたというより、濡れた服が体温を奪い、真剣に寒くなり始めていたというのが真の理由だったのだが、俺は顔を赤らめている瀬谷の前で手早く服を脱ぐと、

「お前も早く来いよ」

と言い捨て、一人浴室へと向かった。これで瀬谷が入ってこなかったとしたら、それが彼の選択なのであるからこれ以上俺が口を出すことじゃない。お互いもう大人なんだから、と思いながら俺はシャワーを全開にし、迸《ほとばし》る湯の下に身体を収めた。

「……」

冷え切った肌に、いつもの湯の温度が熱いくらいに感じる。貴樹のマンションから駅まで、そして東高円寺の駅から家までという長時間、雨に打たれてしまったんだもんなあ――馬鹿なことをしたものだ、と溜め息をついたとき、ギイ、と扉が開く音がし、瀬谷が浴室に入ってきた。

「おお」

入ってきたのか――自分で誘っておいて驚くのはどういうわけかと思いつつ、実のところ

瀬谷は遠慮し、俺がシャワーを出るのを待つのではないかと、無意識のうちに思っていたらしい。相変わらずの見事な裸体を心持ち屈めながら彼が俺の前に立ったとき、なぜかどきりとしてしまった自分に首を傾《かし》げつつ、俺はシャワーヘッドを外して彼に手渡してやった。

「早くあったまれよ」

「すみません」

ぼそぼそと礼を言うと瀬谷はシャワーを肩から胸へとかけてゆく。考えてみたらシャワーが一つしかないのだから、一緒に浴びるというのは無理があったか——貴樹とはよく行為のあと、二人してシャワーを浴びることも多かったのだが、さすがに瀬谷とは貴樹とのときのように、迸る湯の下で抱き合ったり、シャワーヘッドを奪い合い、互いの身体にかけ合ったり、というようなことはできるわけがなかった——と、俺は今更のように気づき、ここはやはり彼に先を譲ることにした。

「浴び終わったら声かけてくれ」

熱い湯を浴びてかなり身体も温まったし、と俺が浴室を出ようとすると、瀬谷は慌てて、

「そんな、まだ十分温まってはいないんじゃないですか」

と、俺の腕を捉えると、シャワーヘッドを俺へと向けてきた。

「わ」

迸る湯を急に浴びせられ、思わず声を上げてしまった俺に、瀬谷が恐縮した声を出す。

「す、すみません」

それでも俺の腕を掴んだ彼の手は緩まず、俺の身体を温めようと背中に浴びせかけてくれるシャワーの向きも変わらなかった。

「それじゃお前が寒いだろう」

「いや、この中があったかいから大丈夫です」

浴びせかけられる湯の温かさが心地《ここち》よく、つい俺は彼の好意に甘えてしまい、その場で足を止めていた。確かに流れ続けるシャワーの湯が立ち上らせる湯気のおかげで、狭い浴室はまるで蒸し風呂並みに暖かくなっていたが、俺の腕を掴む瀬谷の手はまだ冷たかった。

「もういいよ。お前、全然あったまれないじゃん」

悪かったな、と俺はシャワーを持つ彼の手を握り、湯の迸る先を彼の胸へと向けてやった。

「最初から二人で浴びるってのが無理だったんだよな」

馬鹿なことを言い出して悪かった、と彼に笑いかけた俺は、彼の逞しい胸から湯が滴り落ちる先を無意識に目で追い——彼の雄が勃ちかけていることに初めて気づいて、思わず瀬谷の顔を見上げてしまった。

「す、すみません」

俺の視線の意味に気づいた瀬谷が慌てて自身を手で隠そうとする。狭い浴室、なんともいえない気まずい雰囲気が二人の間に流れた。

「それじゃ、俺、先に上がるから」

「すすすみません」

恐縮する瀬谷の声を背に、我ながらぎこちない動作で俺は浴室を出た。ちらと肩越しに振り返ったとき、俺の姿を追っていたらしい瀬谷と目が合った。途端に顔を赤らめ俯いてしまった彼の姿に、まずいなあ、と溜め息をつく。やはり瀬谷の『熱い』視線には、俺へのなんというか——性的な興味が含まれていたんじゃないだろうかと気づいたからだ。まだるっこしい言い方をやめると、瀬谷は俺とヤりたいんじゃないかと——俺の裸を見て勃起してたってことはそういうことなんじゃないかと思ったのだ。

俺にはその気がまったくないだけに、困ったなあ、と溜め息をつくと俺は新しいタオルを求めてベッドサイドのクローゼットへと向かった。体を拭《ふ》いて新しいTシャツとトランクスを身につけ、瀬谷のために新しいバスタオルを出してやる。ふと見やった浴室の前に、瀬谷の濡れたスーツが綺麗にたたまれて置いてあるのが目に入り、風呂上がりに着るものも出してやるか、とクローゼットをあさってスウェットの上下を取り出した。ガタイのいい彼の着られそうなものがそのくらいしか思いつかなかったのだ。

洗面所の脱衣籠《だついかご》にそれらを入れたあと、俺は床から瀬谷のスーツやらシャツやらを取り上げ、ハンガーにかけてやった。ぐっしょり濡れてしまっているスーツを手に、プレスでもして乾かしてやるか、と考えているところに浴室のドアが開き、瀬谷がおどおどした仕草で首を出した。

「あ、そこにタオルとスウェット、出しといたから」

「す、すみません」

途端にまた恐縮した声を上げた瀬谷は、俺が彼のスーツを手にしているのを見て、更に恐縮した顔になった。

「すみません、そんな、ハンガーになんてかけていただかなくても……」

「気にしなくていいからさ。それより、話あるんだけど」

あまりに遠慮深い、そしてあまりに人のよさげな彼の様子を見るにつけ、やはりここはきちんと話をしておかなければと俺は心を決めていた。

「はい……」

瀬谷は一瞬なんだろう、というように首を傾げたが、おとなしく頷《うなず》くと浴室から出て俺の出してやったタオルで体を拭《ぬぐ》い始めた。

「コーヒーでも淹《い》れるわ」

「あ、お構いなくっ」

また恐縮した彼の声を背に俺はキッチンへと向かい、インスタントでいいか、と食器棚からカップを二つ取り出し——いつも貴樹と俺で使っていた二つのカップを手にした途端、なんともいえない感慨が胸に押し寄せてきて、暫しその場に立ち尽くしてしまった。

『ペアカップなんて買うか？　普通』

　初めて彼が泊まった翌日に買ったこのカップを見たとき、貴樹は心底呆れたような顔をしたくせに、それから俺の部屋にくるたびにこのカップでコーヒーを飲みたがったものだった。

『インスタントなんて飲めるか』

　顔を顰めながらも貴樹は俺の淹れるコーヒーを残したことがなかった。泊まった翌朝、前の晩の行為のキツさから俺が起き上がれないでいると、

『ほら、これで目、覚ませ』

　とコーヒーを淹れてくれることもよくあった。この二年の間に、俺と貴樹は一体何杯のコーヒーをこのカップを使って飲んだだろう。

「あの……」

　後ろからかけられた遠慮深い声に、俺ははっと我に返った。

「ああ、すまん」

　我ながら女々しいな——苦笑しながら俺は肩越しに声のほうを振り返り——。

「お前……」

　目の前に佇む瀬谷の姿に、思わず吹き出してしまった。俺の貸してやったスウェットは百八十五センチはあろうかという彼にはやはり小さかったようで、手足共に十センチは服から飛び出してしまっていたからである。

「悪い。やっぱ短かったよな」

でもそのくらいしかなくてさ、と笑いを必死で堪《こら》えつつ、詫びた俺に、

「いえ、全然短くありません」

瀬谷は笑われていることに対して怒るでもなく、大真面目な顔でそんなことを言い出すものだから、俺の笑いはますます止まらなくなってしまった。

「短いだろ、どう見ても」

「いえ、大丈夫です」

「大丈夫じゃねえよ」

あはは、と笑う俺を前に、大真面目な瀬谷の顔が、ふっと微笑みに綻《ほころ》んだ。

「なに？」

ようやく収まってきた笑いの下、なんとなくその顔が気になって問い返した俺に、瀬谷は我に返ったような顔になったあと、見る見る頬を染めると、

「な、なんでもありません」

と俯いてしまった。ぎこちないとしかいいようのない沈黙が、また俺たちの間に訪れる。

「あのさ」

沈黙に耐えられなくなったのは俺のほうだった。ここはやはりはっきりと彼に言ってやらなければいけない——彼が俺にその手の期待を抱く前に、俺にはその気がまったくないこと

をわかってもらわなければならない。彼がなぜ、飲み会のあと俺をつけてきたのか、土砂降りの雨の中、俺を追いかけて自分までびしょ濡れになったのか、シャワーを浴びながら俺の裸に勃起したのか、こうして今、俺を前に顔を赤らめて佇んでいるのか――すべては俺の考えすぎなのかもしれないけれど、それでもあの夜のことはきっちり説明し、謝らなければならないと俺は心を決め口を開いた。

「申し訳ないとしか言いようがないんだけど、四日前のことは、なんていうか、俺も随分酔っ払ってたもんで、なんであんなことになっちゃったのか、覚えてないんだ」

ぽつぽつと喋《しゃべ》り始めた俺の前で、瀬谷の広い肩がびく、と震えた。ヤるだけヤっておいて『覚えてない』は酷いと言いたいのだろうかと、俺は彼の顔を覗き込んだが、相変わらず頬の赤いその顔には怒りの表情は表れていない。どちらかというと『困った』としかいいようのない彼の顔を前に、俺は言葉を続けた。

「お前もほんと、驚いたと思う。あんなことしておいて『なかったことにしてほしい』じゃ済まないってことは重々承知してるんだけど、でもそれ以外、俺には言いようがないんだ……」

「島田さん……」

瀬谷がゆるゆると顔を上げ、俺を真っ直ぐに見つめてきた。黒目がちに見える目が天井の灯《あか》りを受けてやけに煌《きらめ》いて見える。よく見ると形のいい唇が、何かを言いたげに震えていた。

ふと目を下ろすと、腹のあたりで握り締めていた両手の拳も震えている。殴りたいかな――まあ気持ちはわからないでもない。男に無理やり上に乗っかられたんだもんな、と俺は溜め息をつくと、彼の前で深く頭を下げた。

「殴りたかったら殴っていいよ。ほんと、申し訳なかった。謝ることしかできないけど、本当にお前には悪いことをしたと……」

「違います」

不意に響いてきた瀬谷の大声が俺の言葉を遮った。

「え?」

「違います。そんな、僕、謝ってもらおうと思ってきたわけじゃないんです」

「……え?」

握り締められた拳は相変わらずぶるぶると震えていた。その震えを必死で抑え込むように更にぎゅっと拳を握り締めた瀬谷が俺に真摯《しんし》な瞳を向けていた。相変わらず彼の頬は紅潮していたし、口調は朴訥《ぼくとつ》としか表現できないようなたどたどしいものだったけれど、彼が真剣であることだけはその眼差しからも口調からも痛いほどに伝わってきて、俺は思わずそんな彼を目の前に言葉を失い立ち尽くしてしまったのだった。

「確かにあの夜のことは、驚いたとしかいいようがなかったけど、それを怒ってるとかそういうんじゃないんです。ただ僕はあなたが心配で……」

「心配？」

呆然と彼の言うことを聞いていた俺だったが、思いもかけない言葉が彼の口から零れたことに驚き、つい口を挟んでしまっていた。

「ええ。心配で……」

「心配って……」

一体何が心配だったと言うのだろう、と眉を顰めた俺の前で、瀬谷も眉を顰め、ますます真剣な顔で俺をじっと見下ろしてきた。

「あの日……ずっと泣いてたから」

「……え？」

泣いていた――？　俺がか？

まさか、と笑おうとした俺の脳裏に、店のカウンターで酔い潰れている自分の姿がふと蘇った。

『帰りましょう』

ほとほと困った、というように俺の肩を揺すっていた大きな手――。

『なんでだよ……』

その手を撥《は》ねのけるようにしてカウンターにうつ伏せ、肩を震わせて泣いていたのは――

俺か？

「……あんなに辛そうに泣いてたあなたが僕は心配で、それでずっと目が離せなくなってしまったんです。あなたが僕を避けているのはわかっていたけれど、それでも僕はどうにもあなたが心配で……」

「そんな……」

泣いていたと言われたことで、俺は動揺していたのだと思う。これまでの人生、人前で泣いたことなんかなかった。何かと人に頼られるタイプだったために――サークルの幹事長に祭り上げられたのもそのためだ――友人や後輩たちにいろいろと相談されたり、それこそ目の前で泣かれたりすることはままあったが、俺自身は人に泣きついたことなど一度もなかったのだ。

その俺が酔った勢いとはいえ瀬谷の前で泣いたのだという。しかも瀬谷が放っておけないと思うほどに辛そうに――年が二つも下の新入社員の前で。貴樹が『使えない』と零しまくっていた、もっさりしたこの瀬谷の前で、と思うだに、いたたまれないような恥かしさが込み上げていた俺は、わざと明るい口調で、

「そんな、お前に心配してもらうようなことなんか……」

と彼に笑いかけようとし――あまりに真摯な彼の黒い瞳を前に、言葉を失ってしまったのだった。

「それでも僕は、あなたが心配で……心配でたまらなかったんです」

最後のほうはほとんど聞こえないような声だったにもかかわらず、瀬谷の言葉はなんともいえない温かな響きと共に伝わってきた。

「馬鹿な……」

何が心配だ——お前に人の心配をしているヒマがあるのか、と冗談めかして言ってやろうと開こうとした唇が震え始める。どうしたんだろう、と、口元に持ってこようとした手を見つめる俺の視界がぐにゃりと歪んだ。

「島田さん……」

名を呼ばれ、見上げた瀬谷の顔もやけに歪んで見える。どうして——と思った途端、俺の頬を熱い涙が伝っていた。

「……っ」

馬鹿な——人前で泣いたことがなかったんじゃないのか、と俺は顔を伏せ、握り締めた拳で何度も目を擦ったが、涙は次々と込み上げてきて、俺の拭うのを待たず、ぽたぽたと床へと零れ落ちた。

「島田さん」

瀬谷のあの、柔らかな声が俺の耳にまた染み込むように響いてくる。

「……っ」

なんでもない、と彼に笑いかけようとしたけれど、込み上げる嗚咽《おえつ》を呑み下すのがやっとで、俺は俯いたまま両手に顔を埋《うず》め、無言で首を横に振り続けた。

「島田さん」

ぼそり、とまた俺の名を、柔らかな瀬谷の声が呼ぶ。涙に震える両肩を、そっと押さえ込む手を感じ、反射的に顔を上げると、俺を真っ直ぐに見下ろす瀬谷と目が合った。

「島田さん」

困ったような瀬谷の顔——天井の灯りを受けてきらきらと輝いている黒目がちの瞳がじっと俺を見下ろしている。

「う……」

その煌きを見た途端、俺の唇からは堪えきれない嗚咽が漏れていた。そのまま肩に置かれた手に導かれるように彼の胸に顔を埋め、俺は大きな声で泣き出していた。

「島田さん」

瀬谷の手が肩から俺の背に回る。おずおずとした仕草で背に触れていた両腕が、やがてしっかりと俺の背を抱き締めてきたときには、俺も彼の背に腕を回し、ぎゅっとスウェットを握り締め、縋《すが》りついてしまっていた。

『別れよう』

社員食堂で淡々と俺に別れを告げた貴樹の声が、

『飽きたんだ』

面倒くさそうに端整な眉を顰めた彼の顔が、

『おかえり』

貴樹の部屋で見た、あのハーフと見紛うほどの美形の若者の姿が、次々と俺の脳裏を過《よ》ぎってゆく。

『ペアカップなんか買うか？　普通』

呆れたように笑ったかつての恋人の顔が、

『第一印象で一目惚れだった』

ぱちりと片目を瞑《つぶ》ってみせた、彼の初めての告白が、

『……好きだ』

何度となく告げられた彼の言葉が、合わせた逞しい胸が、見惚れるほどの微笑が、程よく筋肉のついた長い脚が、俺を抱き締める腕が、次々と俺の頭に浮かび、消えていった。

「う……っ」

好きだった——俺は本当に貴樹のことが好きだったのだ、という今更の思いが俺の胸を締めつけていた。そんな胸の痛みから逃れるためには大きな声を出すしかないとでもいうかのように、俺は大声で泣きじゃくり、瀬谷の身体にしがみついた。

「島田さん」

耳元で囁《ささや》かれる瀬谷の声が温かければ温かいほど、俺の涙は止まらなくなった。貴樹と別

れたことがこんなにも俺にとってはショックだったのだと――彼に別れを告げられてこんなにも自分が悲しんでいたのだということを、俺は今初めて自覚することができたのかもしれなかった。

いや――『今、初めて』ではないのかもしれない。俺の背を抱き締める手の温かさが、囁かれる声の優しさが、記憶の奥に封じ込められたあの夜を――別れを告げられた夜を俺に思い起こさせていた。

泣きじゃくる俺を抱き締めてくれたこの腕の感触――あまりの優しさに、俺はあの夜この手に縋りつき、泣きじゃくってしまったのではなかったか――。

『島田さん』

困ったような彼の顔――温かな光を湛えていた黒目がちの瞳の煌きが俺の脳裏に蘇る。

あの夜と同じように俺をあまりに優しく包んでくれる瀬谷の腕の中で、あの夜と同じ逞しい胸に縋りながら、俺はただただ大声で叫び、涙が枯れるまで泣きじゃくってしまったのだった。

3

結局その夜瀬谷は俺の部屋に泊まった。俺の涙がようやく収まった頃にはすでに終電が出てしまっていたからだ。その上彼のスーツはびしょ濡れで、外はこれでもかというほどの土砂降りになっていた。

「泊まっていけば？」

俺の誘いを瀬谷は最後まで固辞したが、焦《じ》れた俺が「いいから泊まれっ」と怒鳴りつけてやると、やっと恐縮しながら床に横になったのだった。

そう——彼の胸に縋ってあんなに泣き喚《わめ》いてしまったというのに、瀬谷の態度がそれまでとまったく変わらなかったからだろうか、「ごめん」と彼の胸から顔を上げたあと、俺も今までと同じように彼と接することができていた。

それじゃ寝ようか、と電気を消し、狭い部屋で俺はベッドに、瀬谷はベッドの傍らの床に敷いてやった布団に寝転がり、しばらく無言で天井を見上げていた。今までこれほど泣いたことはないというくらいの泣きっぷりだったからか、こめかみのあたりが痛かったが、不思議と気持ちはすっきりしていた。目を閉じると、着古したスウェットが覆っていた瀬谷の逞しい胸から聞こえる、少し速いくらいの鼓動が耳に蘇ってくる。

『島田さん』

俺の名を呼ぶ柔らかな彼の声が、背中を抱き寄せてくれた腕の力強さが、泣くに泣けなかった俺を泣かせてくれたおかげで、この数日、ずっと胸につかえていた哀しみを吐き出すことができたのかもしれなかった。

胸につかえていた哀しみ、か——。

貴樹の顔がちらと俺の脳裏を掠《かす》めたが、差し込むような痛みが俺の胸を襲うことはなかった。別れることに納得したというわけでも、彼に別れを告げられた哀しみが癒《い》えたというわけでもない、相変わらずあんな簡単な言葉で別れようとするとは、という憤りは感じていたし、二年もの間、彼だけを見つめていただけに、そう簡単に彼のことを忘れることができるとは思えなかったが、それでも俺は随分冷静に貴樹との別れを考えられるようになっていた。

多分俺はもう、いてもたってもいられないからという勢いのみで彼の部屋を訪ねることも、訪ねた挙げ句に彼に縋って『別れたくない』と言うこともないような気がする——それは、彼には俺よりビジュアルが数段すぐれた恋人がすでにいるから、という理由ではなかった。瀬谷の胸で泣いて泣いて、涙が枯れるほどに泣き叫んだおかげで、俺の中で何かが吹っ切れたような気がする、そのためだった。

　こうしてだんだんと貴樹との仲が俺の中で過去のものになってゆくといい——いい思い出も哀しい別れも、すべてを「そんなことがあったな」と笑って思い起こせるようになるといいな、と俺は思い——その先にある未来へと思いを馳《は》せかけたそのとき、

「……凄い雨ですね」

　ベッドの下から、瀬谷の小さな声がして、俺はごろりとそちらへと寝返りを打つと、

「そうだな」

　と短く相槌を打った。

「明日も雨でしょうか」

「どうだろう」

　ぼそぼそとした声で、相槌の打ちようもないことを話しかけてくる瀬谷に、俺は逆に、

「眠れないのか?」

　と問いかけてみた。

「いえ……」

　ますます小さな声でそう答えた瀬谷はしばらく黙り込んだあと、またぼそぼそと口を開いた。

「島田さんも、眠れないんですか」

「え？」

ごそごそと瀬谷の寝ていたシルエットが動き、彼が起き上がる気配がした。暗闇の中、俺のほうへと向けられた彼の顔はまるで見えなかったが、それでも俺には、彼の眉がこれ以上はないというくらい心配そうに顰められている様子がありありと見えるような気がした。

『あなたが心配で』

真摯な瞳で俺の顔を覗き込んできた彼——『あなた』などという呼びかけを他人にされたことは今までなかった。『あなた』などと言われると、他のどの二人称より、呼びかける相手を大切に思っているように聞こえてしまう。言った本人に、そんなつもりは少しもなかったかもしれないのに、瀬谷の『あなた』という呼びかけが、『心配だ』と告げられた真摯な口調が耳に蘇っていた俺の胸に、くすぐったいような照れくさいような、なんともいえない温かな気持ちが溢れてきた。

「寝るよ」

ついついぶっきらぼうに答えてしまった俺の前で、瀬谷の大きなシルエットが安堵《あんど》の溜め息をついたのが聞こえた。

「……おやすみ」

「おやすみなさい」

ごろり、と彼に背を向けた俺の耳に、瀬谷の静かな声が響いた。温かなその口調——俺が眠れぬのではないかと案じていたという彼の、優しさがこもった声の響きがそのまま俺の耳から心へとじんわりと響いてくる感じがする。

「……」

瀬谷がいなければ、今夜、俺はそれこそ『眠れぬ夜』を過ごしていたに違いない。

俺はまたごろりと寝返りを打ち、動かぬ瀬谷のシルエットを見やったが、彼がまだ起きているのか、はたまた寝てしまったのかはわからなかった。規則正しい彼の呼吸音を聞くうちに、次第に眠気が襲ってくる。

そうだ、明日は少し早く起きて、多分まだ濡れているに違いない彼のスーツをプレスしてやろう——そんなことを考えながら目を閉じた俺の脳裏にちらと、先ほど思いを馳せた『この先の未来』という言葉が過ぎった。

「未来か……」

ふと口をついて出た言葉の語尾が我ながら襲いくる眠気のせいで不明瞭《ふめいりょう》になっている。

この先、一体どんな『未来』を俺は望んでいるのだろう。思い描いた『未来』の中に瀬谷の姿はあるのだろうか——。

何を考えているんだか、と笑ったような気もしたが、そのまま俺は眠り込んでしまったようで、翌朝、目覚まし時計に起こされるまでぐっすりと——本当にぐっすりと眠ることができたのだった。

翌朝、俺と瀬谷は肩を並べて出社した。

「なんだ瀬谷、昨夜はご宿泊か？」

席についた途端、瀬谷の服装が前の日と同じだということに気づいた三雲先輩がからかってきたのに、瀬谷は見る見る顔を赤く染めると、

「いや、そんなんじゃ」

と慌てに慌て、周囲の注目を集めた。

「なんだよ、瀬谷、カノジョいたのか」

「結構家庭的な子じゃん？　昨日なんかよりよっぽどスーツ、バシッとプレスしてあるし」

からかい甲斐があるというかなんというか、瀬谷があまりに赤くなるものだから、三雲先輩ばかりか課員たちがこぞって瀬谷をからかい始めた。彼のスーツをばしっとプレスしてやったのは俺だった。家庭的なカノジョじゃなくて悪かったな、と俺が思わず笑ってしまったとき、

「瀬谷、昨日中に作っておけと言った契約書、どうした？」

不意に厳しい声が響き、わいわいと騒いでいた課内が一瞬しん、となった。声の主は瀬谷の隣の席――そして俺の斜め向かいの席の貴樹だった。虫の居所でも悪いのかいつも以上に厳しい口調の貴樹に、瀬谷をからかっていた皆がそそくさと自分の仕事へと戻ってゆく。

「すみません、まだ……」

広い肩幅をすぼめるようにした瀬谷が恐る恐るといった感じで頭を下げるのに、貴樹は、

「『まだ』ってなんだ、『まだ』って。昨日中にドラフト上げてこいと言っただろう？」

とますます厳しい口調になると、バンっと机を物凄い勢いで叩き、更にフロアをしんとさせた。

「申し訳ありません」

「謝るくらいならなぜやっておかないんだ？　だいたいお前、ドラフト作るのにどれだけ時間かければ気が済むんだよ。三日もかけるような仕事じゃないだろう？」

「すみません……」

貴樹の声はますます高く、瀬谷の背はますます申し訳なげに小さくなってゆく。見るに見かねた三雲先輩が、

「悪い、昨夜は俺が無理やり飲みに誘ったんだよ」

と口を挟んでようやく貴樹の苛《いじ》めぎりぎりの『叱責《しっせき》』は終わりを迎えた。

「行く行かないは本人の判断だからな」

それでも最後にぴしゃりと言い捨てた貴樹に、瀬谷は、

「本当に申し訳ありませんでした」

と深く頭を下げている。人前でここまで——それこそ先輩社員が助け船を出さざるを得なくなるほど、新人を怒鳴りつけなくてもいいだろう、と思わず非難の眼差しを貴樹に向けて

しまったのだったが、その視線に気づいたのか、貴樹が俺をちらと見た。

と、

「……………」

一瞬目が合った、と思ったのは俺の気のせいだったのか、貴樹はふいと俺から目を逸らす
「今日中に片づけろ」

と瀬谷をじろりと一瞥《いちべつ》し、自分のパソコンへと視線を戻した。

「はい」

瀬谷は頷いたあと、また「申し訳ありませんでした」と貴樹に頭を下げたが、貴樹が彼を振り返ることはなかった。ちらと瀬谷の手元を見ると、彼が手にしているのは英文の契約書のようだ。そういえば課内会議で貴樹がアメリカのベンチャー企業にまた投資するというような発表をしていたな、と俺は思い出した。多分瀬谷はその社との間の契約書を作成しているると思われるが、契約としてはそれほど難しい条件はなかったように思う。法務部にある当社の契約書の定型フォームをもとにすれば半日くらいでできてしまいそうなものなのに、それに三日もかかりっきりになっていたというのは確かに仕事が遅いかもしれない。まあ新人のうちはそんなもんだったっけ、と俺は心の中で瀬谷にエールを送りつつ自分の仕事に気持ちを切り替え、結構慌ただしい一日を過ごしたのだった。

前の日に無理やり帰ってしまったからか、その日俺は残業にはまってしまい、気づけば夜

十時を回っていた。隣の課は今度異動になる課長の送別会で六時過ぎには一気に引け、俺の課もそれぞれに接待やら飲み会やらが入っていたようで、さっき三雲先輩が「お先に」と帰ってしまったあと、またフロアには俺と瀬谷、二人きりになっていた。

俺もそろそろ帰るか——立ち上がりかけたとき、見るとはなしに瀬谷の机を見た俺は、彼が今手にしているのが、朝、貴樹に叱責されたあの英文の契約書のドラフトだということに気づき、まだやってたのか、と呆れてしまった。

「あ、お疲れ様です」

立ち上がった俺の気配に気づいた瀬谷が顔を上げ、にこりと笑って俺に頭を下げてきた。随分長い間悩んでいたのが窺える、少し疲れたような彼の顔を見た途端、俺は思わず、

「あのさ」

と彼に声をかけていた。余計なお世話と知りつつも、なんだか放っておけなくなってしまったのだ。

学生時代も、そして入社してからも、俺は友達や後輩が困っていると、おせっかいと思いつつも「どうした?」と声をかけてしまうところがあった。友人たちはそんな俺の性格を『男のくせに姉御肌』などとからかうのだが——なぜ素直に『兄貴分』と呼ばれないのかが疑問だ——そんなわけで、今回も、困り果てているのがありありとわかる瀬谷についい声をかけてしまったのだった。

「はい？」

「それ、朝、香川に言われてた契約書？」

「……はい」

デスクを回り込み、俺は瀬谷の後ろに立った。瀬谷は戸惑った顔のまま、俺の動きを追っていたが、俺が寄越せ、と右手を出すと、黙って書類を渡してきた。

「今日中にドラフト出せって言われてたの、コレ？」

「……はい」

瀬谷は大きな体を縮込めるようにして俺の前で俯いている。朝、貴樹に『罵倒』としかいいようのないほどに叱責された姿を俺に見られたことを恥じているのかもしれない。まあ契約書作成に三日もかけたとなると、貴樹の叱責も言い方はどうあれ仕方がないと思うのだが――と思いながらざっと書類を見た俺は、まるで当社のフォームとは違うそれに驚き、

「これ……」

と書類から顔を上げ、瀬谷をまじまじと見つめた。

「やっぱり変でしょうか」

俺のリアクションをどうとったのか、瀬谷の頬に血が上っていき、ますます肩身が狭そうな素振りをする。

「ってか、なんで？　なんで当社の定型使わないの？」

「定型？」

俺の問いかけに瀬谷は、それこそぽかん、とした顔になった。そのリアクションに、まさかこいつ、契約書に定型フォームがあることを知らないのだろうかと、今度は俺が驚く番だった。

「法務部に定型あるだろ？　まさか知らないとか？」

「……すみません」

驚いたがゆえの大声を、俺が怒っているとでも勘違いしたようで、瀬谷はますます身を屈め俺に頭を下げてくる。

「いや、そうじゃなくてさ、貴樹は……じゃない、香川はお前にそれ、教えてないわけ？」

興奮したあまり、社内では絶対に呼ばない『貴樹』の名を出したことに、しまったと思ったのは一瞬だった。

「香川さんが？」

瀬谷が不思議そうに問い返してきたのに、俺は驚きを通り越し、啞然とすらしてしまいながら、

「それで契約書作れって言ってるわけ？」

と、戸惑ったような顔をしている瀬谷と、手の中にある彼の作った契約書を代わる代わるに見つめてしまった。

「……はい？」

知らないということは恐ろしい。瀬谷は俺が何を言ってるのかがまったくわからない、というようなきょとんとした顔で、呆れる俺を見返している。

「そんなの、できるわけないじゃん」

「え？」

更にわからない、といった顔になった瀬谷に、俺はやれやれ、と溜め息をつくと、

「あのなあ」

と説明を始めた。

「総合商社は個人商店じゃないからさ、それぞれ専門の部署ってのがあるんだよ。経理関係は経理部に任せるし、信用調査は審査部に任せるだろ？　船積みは運輸に任せるし、あとはなんだ……まあとにかく、それを専門にやってる部署ってのがあってさ、会社の名前で結ぶ契約書については、法務部がその専門だから、法務にはいろいろ契約書のドラフトがあって、普通はそれをもとにして作るんだよ」

「そうなんですか」

心から感心している様子の瀬谷は、本当に貴樹からは何も聞いてないらしかった。まったく無の状態から契約書を作れなんて、三年目の俺にだって無理だろう。ましてやまだ入社してひと月しか経ってない瀬谷が三日かかったとしても無理のない話だ。それをあんなふうに

怒鳴りつけるなんて酷いじゃないか——俺の胸に、貴樹に対する憤りがふつふつと煮え滾ってくる。その上それを煽るように瀬谷が大真面目な顔で、

「教えていただき、ありがとうございます」

などと頭を下げてきたものだから、

「礼なんか言うことじゃないんだよ。教えてもらって当然なんだから」

と彼を怒鳴りつけてしまったのだった。

「す、すみません」

俺の剣幕に驚いた瀬谷が慌てて詫びてくるのに、

「だから謝ることでもないんだって」

と俺は言い捨てると、

「いいから待ってろ」

と彼の契約書を手にしたまま席に戻り、ｗｅｂで社内電話帳を開いて法務部を探した。うちの部の担当の永田《ながた》という男は俺の同期だった。同期ゆえの気安さでいろいろと無理を聞いてもらっている彼にまた、無理を聞いてもらおうと思ったのだ。

「あ、もしもし？」

幸いなことにまだ永田は席にいた。法務部は深夜残業が日常茶飯事だそうで、滅多に合コンにも出られないと零していた彼の境遇は以前から同情に値すると思っていたが、今夜はそ

れがありがたかった。

『おう、島田か。久し振り』

「ちょっとお願いがあるんだけどさ」

『なんだよ、合コンの誘いじゃねえのかよ。お前は「お願い」があるときしか電話寄越さねえよな』

午後十時を回ったというのに永田のテンションは高い。彼にとって夜はこれからなんだろう。

「合コンの誘いはまた別途。契約書のドラフトが欲しいんだけど」

『高いぜ。どんなんだ?』

「海外向けの投資。詳細はえーと」

俺はざっと契約書を見て、相手先やら条件やらを口頭で伝えたあと、

「今、FAXするわ。もし今、気力あったら、ドラフトじゃなくてちゃちゃっと中身打っちゃっていただけるとありがたい」

と、同期ゆえの図々しいお願いをしてみた。永田の口調から、それほど切羽詰って仕事している様子が窺えなかったからだ。

『気力があるかよ。連日深夜だぜ』

「タカサゴで昼飯奢るからさ」

『安く見んなよ？　せめて大作《たいさく》の鰻《うなぎ》にしろ』

「鰻なら今荘《いまそう》でしょう。『ロ』奢らせていただきます」

『太っ腹だねえ』

そこまで言われちゃやりますか、と了承してくれた永田に礼を言い、電話を切ると俺は呆然と俺の電話を聞いていた瀬谷に、

「これ、法務の永田にＦＡＸして」

と彼の作った契約書を机越しに差し出した。

「あの？」

「法務の担当が作ってくれるってさ。『今荘』の鰻がかかってるからな。三十分くらいでできるんじゃないか？」

「ウナギ？」

「いいからＦＡＸしろって」

「はいっ」

鰻を奢ることまでは教えてやる必要はないが、こういうときは法務に頼め、ということは教えてやったほうがいい、と俺は瀬谷が席に戻るのを待ち、

「わかったか？　契約書作成の前には法務部に相談すればいい。相手側が作ってきた契約書の中身についてもまず法務に相談するんだ。俺たち営業じゃ見つけられない穴を彼らは見つ

けてくれる。それが彼らの仕事なんだからさ」

と、先輩らしく彼を指導してやった。

「はい」

「使えるものはなんでも使わないと、いくら時間があっても足りないぜ？」

「はいっ」

瀬谷は俺の言葉を本当に素直に、それこそ目を輝かせて聞いている。もしかしたらこういう『指導』を受けたのは初めてなのかな、と聞きかけたとき、机の上の電話が鳴った。

「はい、ＩＴ」

『永田だけど、お前さ、あの契約書作ったの、誰？』

応対に出た俺の耳に、心底驚いたような永田の声が響いてきた。

「誰って？　ウチの新人だけど？」

『新人～？　嘘だろ』

ますます驚いた様子の彼に、俺は一体何事だと、

「嘘じゃないけど、なに？　なんか問題？」

と受話器の向こうに問い返した。

『問題どころか。法務にスカウトしたいぜ。こんなに完璧《かんぺき》な契約書、久々に見たよ。なんでコレじゃいけねえんだ？』

「え？」

永田の口調はどう聞いてもふざけているようではなかった。その道のプロがここまで手放しで褒めるほど、瀬谷の作った契約書は完璧だったのか、と俺は目の前で俺の顔を心配そうに覗き込んでいる瀬谷をまじまじと見返してしまった。

『ああ、ちょこっと文章が口語っぽいところがあるくらいでさ、コレ、もう完璧よ？　こっちもとにしてチェックしてやるから、メールでデータ送れよ』

「了解！　サンクス！」

永田の言葉に俺は変に興奮してきてしまい、慌ただしく電話を切ったあと、

「メール！　メールだって！」

と心配そうに眉を寄せて俺を見ていた瀬谷に、勢い込んで叫んだ。

「はい？」

「お前の作った契約書、法務の永田にメールしろって。ちょっと手直しすればそのまま使えるって。お前、凄いよ」

「え？」

俺の興奮はなかなか瀬谷には伝わってくれなかったが、なんでもいいからメールしろ、と俺は彼を急《せ》かし、

「ほんと、お前凄いよ」

と賛辞の言葉を繰り返した。

「そんな……」

謙譲の美徳と言うに相応しい遠慮深さで瀬谷はひたすら俺の前で恐縮してみせている。やがて瀬谷と俺のメールボックスにポン、と永田からのメールが届いた。時間にして五分。本当に直す場所は数箇所だったらしい、と俺はその契約書を開き、中の文章に目を走らせ確認したあと、

「よかったな」

と瀬谷に向かって笑いかけた。

「……ありがとうございます」

瀬谷が感極まった顔で俺を見返す。そこまで感激するなんてよほど追い詰められてたってことかな、と思いつつ、俺は、

「礼は永田に言えよ。今、席にいるのわかってるんだから電話しろよ」

と、また先輩らしい『指導』をしてやった。

「はいっ」

瀬谷がまた嬉しそうな顔になり、受話器を取り上げたとき、なんとその永田が「よお」と俺たちのフロアに顔を出した。

「メール届いた?」

「届いた届いた。サンクス！　紹介するよ、うちの新人の瀬谷。瀬谷、法務の永田」

「本当にありがとうございましたっ」

互いを紹介してやると、瀬谷は直立不動になって永田の前で頭を下げた。

「いやいや、ほんと、ちょろっと手ぇ入れただけだからさ」

永田は眼鏡《めがね》の奥の目を細めるようにして笑うと、俺に向かって、

「お前のコドモは素直で可愛いねえ」

ウチの新人に見習わせたいよ、と肩を竦めた。

「俺の子じゃねえよ。香川んだよ」

マンツーマンで教育する新人を、教育係の『コドモ』と言うのだ。俺がそう返すと、

「自分の指導っ子でもないのに、相変わらず島田は面倒見がいいな」

永田は目を見開いたあと、目の前で相変わらずしゃちほこばってる瀬谷に向き直った。

「まあこいつにはいろいろ世話にもなってるからさ、俺もこいつからの頼まれ事には嫌と言えないんだよ。お前もほんと、いい先輩を持ったな」

永田は思いもかけず、俺を照れさせることを言い出した。

「はい」

大真面目な顔で頷く瀬谷の姿に、俺はますます照れてしまう。

「おだてても鰻以上は奢らねえぜ？」

そう軽口で照れを誤魔化した俺に永田は、

「なんだ、失敗か」

と笑ったあとめずらしくも、

「どうだ？　久々、軽く飲み行かねえ？」

と誘ってきた。

「お前、帰れるの？」

「明日でいいことは今日やらないってね」

永田は長身を揺らし、俺と瀬谷に片目を瞑ってみせたあと、

「瀬谷君も行こうぜ」

と彼を誘い、俺と瀬谷は二日連続で会社の近所で軽く飲むことになったのだった。

タクシー帰りは避け、必ず終電で帰ろう、と駅に直結した中華料理店に腰を落ち着けたあと、永田は瀬谷に彼の作った契約書についていろいろと質問し始めた。やがて永田の質問はかなり突っ込んだものになっていったのだが瀬谷はすらすらとそれらの問いすべてに答えてみせ、ますます永田を唸《うな》らせた。

「しかし凄いな。お前絶対センスあるよ。営業やめて法務に来ない？」

半ば本気で瀬谷を誘う永田に、

「ウチの新人、誘惑すんなよな」

と俺はふざけて茶々を入れたのだったが、そんな俺の横で瀬谷は不意に大真面目な顔になり、言葉を選ぶようにしてぽつぽつ話し始めた。

「……法務部の仕事はやり甲斐があると思いますし、もしかしたら営業より自分には向いているのかもしれないと思わないでもないのですが……それでも今は、営業で使えるようになれるまで、石にかじりついてでも頑張りたいです」

「……瀬谷」

俺と永田は思わずぽかん、とそう言って俯いた瀬谷を見つめてしまった。静かながらも意志の強さが窺える彼の声に圧倒されていたのかもしれない。

「……す、すみません」

俺たちの沈黙をどうとったのか、瀬谷が見る見る頰を赤く染めてゆく。

「……真面目な上にガッツもある、いい子じゃないの」

そんな彼を前に永田が目を細めるようにして笑い、俺の肩を小突いてきた。

「うらやましいか」

茶化してしまったが、俺も言いたいことは永田と一緒だった。いつもおどおどと俯いていた瀬谷が頭の中でそんなことを考えていたなんて——嬉しいとしか言いようのない意外な驚きが胸に溢れてくる。

「うらやましい」

「絶対ヤらない」

あはは、と笑い合う俺たちの前で、瀬谷が神妙な顔をして俯いている。

「そのガッツで頑張れよ」

な、と永田に肩を叩かれ、

「はいっ」

とまた直立不動になった瀬谷を前に、貴樹にその気がないのなら俺が瀬谷のやる気を育ててやろうと、俺はまたおせっかいなことを考え、

「頑張れよ」

と永田と一緒になって肩を叩いてやったのだった。

結局俺と永田で会計を済ませ、恐縮する瀬谷に「気にするな」と言って俺たちは店をあとにした。

「お疲れ」

「たまには飲もうぜ」

永田とは反対方向の電車に乗ろうとした俺のあとを瀬谷は黙ってついてきた。

「お前、家どこだっけ?」

地下鉄を乗り換えるときも俺についてきた瀬谷に尋ねると、瀬谷はまったく違う路線の地名を真面目な顔で答えてきた。

「成城《せいじょう》です」

「成城? どうやって帰るんだよ?」

何を考えてるんだ、とつい大きな声を出してしまった俺に、車内の乗客の視線が集まる。しまった、と首を竦めたものの、続く瀬谷の言葉に俺はまた素《す》っ頓狂《とんきょう》な声を上げてしまった。

「あの、送ります」

「へ?」

送るってなんだ、と目を見開くと、瀬谷は大真面目な顔のまま、

「今日は本当にお世話になったのにきちんとお礼も言ってないですし、せめて家まで送らせてください」

と深く頭を下げてきた。

「礼なんていいって。別にたいしたことしたわけじゃないんだし」

いいよ、と笑った俺に、瀬谷はますます真剣な顔で、

「お願いです。送らせてください」

と繰り返し頭を下げてくる。

「送るって、俺、女の子じゃないからさ」

別に嬉しくないんだよ、と笑った俺に瀬谷が、ふと何か言いたげに口を閉ざした。

『オンナノコじゃないから』——昨夜、彼の胸に縋って泣いた自分の姿が俺の脳裏に蘇る。あれで俺を相当頼りない奴だと思ったのかもしれないな、と俺はなんともいえない気持ちで目の前の瀬谷を見上げた。

そもそも彼が俺を見つめ続けていた理由が、あの夜、酔っ払って酷く泣いたらしい——あまり覚えてないのだが——俺のことが『心配だったから』という理由なのだった、と俺は改めて昨夜の彼との会話を思い出していた。

やはり瀬谷にとって俺は、男のくせに泣き虫の、女々しい奴ということなんだろうか——その上、無理やり彼に乗っかるといっても『男』とは思えぬ行為までしてしまっていたのでは、瀬谷が俺をどう思おうと彼を責めることはできない。責めるどころか『送る』というのが彼なりの気遣いなのだとしたら、それはそれで申し訳ないんじゃないかと、

「あのさ」

送ってもらう必要なんかないから、と言おうと口を開きかけたそのとき、

「……もう少し、島田さんと話がしたいんです」

ぼそぼそとほとんど聞こえないような声で瀬谷はそう言うと、

「お願いします」

と赤い顔のまま俺に頭を下げてきた。

「……」

適度に混んだ車内で、大きな身体を屈めるように立つ瀬谷の前で、俺の顔にもなぜかかあっと血が上ってゆく。

「いいけどさ」

俺の声に瀬谷はほっとしたように顔を上げ、

「ありがとうございます」

と馬鹿丁寧とも思える口調で礼を言うとまた深く俺の前で頭を下げた。

「だからそんな礼を言うことじゃないんだって」

「す、すみません」

「それに謝ることでもないぜ」

「すみません」

「また謝って」

もう、と笑う俺に、瀬谷も照れたような笑いを浮かべて見返してくる。

「行儀がいいのはいいけど、お前は too much だよ」

「すみません」

「だから謝るなって」

中身があってないようなやりとりをしているうちに地下鉄は俺の住む東高円寺へと到着した。

「それじゃ、また明日」

彼を残して降りようとした俺のあとに続いて瀬谷は当然のように車両を降りてしまった。

「お前、これ終電だぜ？」

「家まで送ります」

呆れてみせた俺に、瀬谷はやはり大真面目な顔でそう答えたあと、はっとしたような顔になり、

「あの、家に上がり込もうとか、また泊めていただこうとか、思ってるわけじゃありませんので」

と、ぼそぼそと言い訳するようにそう言い添えてきた。

「別に茶くらい入れてやるけどさ」

「とんでもないです」

そこまで遠慮深いくせに、『送る』と言ってきかないこの押しの強さはなんなんだ、と俺は彼の一致しない言動につい吹き出してしまった。

「あの？」

瀬谷が戸惑ったような視線を俺へと向けてくる。まあいいか——話したいと言っていたけれど、会話らしい会話を車内でできなかったしな、と俺はまた笑うと、

「行くか」

と彼を促し、改札を出た。地上への階段を上りながら俺は、そうだ、と瀬谷を振り返った。

「駅前にたこ焼き屋がいつも出てるんだけどさ。結構旨《うま》いんだよ。時間あったらウチで食ってくといい」

「え？」

毎晩駅前にはたこ焼きの屋台が出るのだ。縁日を思わせる匂《にお》いにつられて、酔って帰ったときにはかなりの確率で俺はついつい買ってしまうのだが、ほろ酔い気分の今夜も急に食べたくなってしまったのだった。

「もちろん帰りながら食うのもアリなんだけど」

「あ、ありがとうございますっ」

瀬谷は俺の予想をはるかに超えた嬉しそうなリアクションをしてみせた。にこにことそれこそ満面の笑みを浮かべる顔は、なんというか——でかい身体に似合わず可愛らしくさえ見える。

「あ、あれあれ」

階段を上りきったところで、俺はいつもの屋台を指差し駆け寄ったのだが、今夜に限って店じまいが早かったようで、すでに鉄板の火は落とされ、親父《おやじ》が片づけを始めていた。

「おじさん、たこ焼きもうないの？」

「売り切れなんだよ。悪いねえ」

すっかり顔馴染《なじ》みになってしまったテキ屋の親父が、申し訳なさそうな顔で頭を下げてくる。

「なんだ、せっかくお前に食わせてやりたかったのに」

残念だな、と瀬谷を振り返ると、瀬谷はまたなんともいえない嬉しそうな顔になり、

「ありがとうございます」

と俺の前で頭を下げた。

「礼は食ってから言えよ」

ほんとに旨いんだからさ、と言う俺に、旨いと言われて気をよくしたらしい親父が「悪いね」と声をかけてくる。そんな親父に手を振り、歩き出した俺の後ろをついてきた瀬谷は、ぼそぼそと聞こえないような声で、

「島田さんの気持ちが嬉しかったんです」

と言うと、振り返った俺に向かって、「ありがとうございます」とまたぺこりと頭を下げた。

「…………」

やはりにこにこと、嬉しそうに微笑む瀬谷の顔を見ているうちに、なぜだか俺の頬に血が上ってくる。

「あの店はさ、ほんと毎晩出てるから、そのうち食わせてやるよ」

瀬谷に頬の赤みを悟られまいと足を速め、我ながらぶっきらぼうとも思える口調でそう言う俺の背中でまた瀬谷の、

「ありがとうございます」

という嬉しそうな声が響いた。そのまま俺たちは何を話すでもなく前後になって狭い道を歩き、やがて徒歩にして十分の俺のアパートに到着した。結局『話』らしい話は一つもしなかったな——そもそも瀬谷が俺を『送る』などと言い出したのは話がしたかったからじゃなかったのか、と俺は彼を振り返り、ここまで来たのなら、と部屋に誘うことにした。

「コーヒーでも飲んでかない?」

「いえ、いいです」

ポケットの鍵を探りながら俺がそう声をかけると、瀬谷はとんでもない、というように大仰に顔の前で両手を振り、

「本当に今日はどうもありがとうございました」

と深々と頭を下げた。

「そんな礼言われるようなこと、俺してないし」

いいから上がれよ、と鍵を開け、俺は瀬谷の腕を摑んだ。

「いえ…」

途端に瀬谷は困ったような顔になり、まるで足に根が生えてしまったかのようにその場か

ら動かなくなってしまった。

「だってなんか話あんだろ？　別にとって食おうってわけじゃないんだからさ…」

冗談のつもりで言いかけた言葉に、瀬谷がびくっと肩を震わせた。

「え？」

なんなんだ、と俺は一瞬首を傾げたが、やがて慌てて顔を上げた瀬谷が、

「な、なんでもありません」

と真っ赤になって首をぶんぶんと横に振るにあたり、ああ、と彼の頭の中を察したのだった。

『とって食おうってわけじゃないし』――ついこの間、まさに彼を『とって食って』しまったのは俺じゃないか、と今更のことを思い出したのである。

「わ、悪い」

そういうつもりじゃなかった、と慌てて俺は詫び、

「そういう意味で誘ってるんじゃないから」

と言わなくてもいい言い訳を彼にしてしまったのだったが、その言葉を聞いてますます瀬谷は顔を赤らめると、

「わかってます！　そうじゃなくて、あの…」

とまた彼も言わなくてもいい言い訳を考えているかのように口籠《くちごも》った。

「…無理に誘って悪かったな」

そうなのだ——昨夜といい、今夜といい、もっと俺は瀬谷に気を遣うべきだった。よく考えれば——いや、考えなくても俺は彼に、酔った挙げ句に無理やり乗っかるという常識じゃ考えられないことをしてしまっていたのである。昨日まではその事実が俺の上に重く伸《の》しかかっていたのだが、昨夜、彼の胸で号泣するというこれまた常識では考えられないことをしでかしたために、なんだかそのこと自体の印象が薄くなっていたのだった。瀬谷の態度があまりに変わらないから、ついつい忘れていたのだけれど——と瀬谷に責任転嫁しようとしている自分を反省しつつ、彼に向かって頭を下げた俺の耳に、

「ち、違うんですっ」

これ以上はない、というくらいに真剣な瀬谷の声が響き、俺は「え？」と思わず顔を上げ、目の前の彼をまじまじと見やってしまった。

「あの、違うんです。僕ももうあのことは……あの、なんていうか、あのホテルでのことはもう……」

俺の視線を捉えた瀬谷の顔がますます赤くなっていく。それでも彼は一生懸命言葉を探すようなとつとつとした口調で、俺の目を真っ直ぐに見返し、言葉を続けていった。

「こ、こういう言い方をしていいのかわからないんですが、あの、本当に、全然嫌じゃなかったんです。びっくりはしましたが、ほんと、島田さんが言うように酷いことされたとか、

そういうふうには全然思わなかったし……」

「そ、そうか」

嫌じゃなかった、と言われたことで、俺の頭にはまたカッと血が上ってきた。あの夜の彼の逞しい胸やら、綺麗に引き締まった腹筋やらを思い出してしまったからだ。戸惑いに瞳を見開いていた彼の雄を摑み、口に含んだことやら、勃ちきったそれを自身に収めようとゆっくりと腰を下ろそうとしたことやらが次々と脳裏に浮かんできて、俺もますます顔を赤らめ、その場に立ち尽くしてしまったのだったが、続く瀬谷の一言に、不意に我に返ることになった。

「でも島田さんがなかったことにしようとおっしゃるんでしたら、僕もなかったことにしますので」

「え？」

真っ赤な顔で瀬谷がそう告げたのに俺は我ながら間の抜けた声を上げてしまった。熱いほどだった頰に急速に外気の冷たさを感じ、高鳴っていた胸の鼓動がやけに空《むな》しく耳に響く。

「本当にどうか……あの夜のことはもう、気にしないでください」

ぼそぼそと呟くようにそう言い、また深く頭を下げてきた瀬谷を前に俺は、

「ああ……」

と頷くことしかできなかった。なぜか胸を冷風が過ぎるような気がし、一体どうしたこと

かと俺はスーツの前をぎゅっと握り締めていた。

「それじゃあ」

更に深く頭を下げたあと瀬谷が踵を返した。

「お疲れ」

その背に投げかけた自分の声が、やけに空々しく俺の耳に響く。駅への道を引き返す瀬谷の大きな背中が次第に暗闇に紛れてゆく。

「……気にしないでください、か」

ぼそり、と呟かれた言葉を小声で繰り返した俺の胸に、ちくり、と小さな痛みが走った。

一体俺はどうしてしまったというのだろう——瀬谷の姿が消えた夜の道をいつまでも見つめている自分に気づき、俺は軽く頭を振るとドアを開けて中に入り、やれやれ、とそのドアを背に暫し佇んでしまっていた。ふと目を上げた先、昨夜なぜだか二人してシャワーを浴びた浴室の戸が視界に入る。

『すみません……』

勃起した己を恥じるように手で隠していた彼——あのとき彼は確かに、俺に欲情していたんじゃなかったか——。

そんなことを考えている自分に気づき、俺はまた、どうかしている、と頭を振ると靴を脱ぎ散らかして部屋に上がり込み、そのまま冷蔵庫に直行して買い置きのビールを取り出した。

酷く飲みたい気分だったからだ。

「気にしないでください、か……」

プルトップを開け、一気に半分ほど飲み干したビールの苦さに顔を顰めた俺の唇から、ぽつりと先ほどと同じ言葉が漏れていた。部屋に響く自分の声に、まったくどうかしている、と俺は残りのビールを一気に飲み干すと、わけのわからない自分の心を持て余し、大きな溜め息をついたのだった。

4

翌朝、あまり眠れなかったせいか俺は少しだけ寝過ごしてしまった。始業ぎりぎりにフロアに滑り込み、席についた途端、

「本当にお前、やる気あんのか？」

という貴樹の怒声に驚き、何事かと隣の席の三雲先輩に目で尋ねた。

「……さっきからずっとあの調子よ」

三雲先輩が声を潜めて俺に囁いてくる、その前で、

「申し訳ありません」

瀬谷がいつものように大きな身体を屈め、貴樹の前で頭を下げていた。

「昨日もえらい怒ってた、あの契約書のことみたいだぜ」

「契約書？」

三雲先輩の耳打ちに俺は改めて貴樹を、彼の前で項垂《うなだ》れる瀬谷を見やった。貴樹の手に握

られているのは、昨日法務部の永田がメールしてくれたあの契約書に違いない。一体何が問題なのかと耳をそばだててしまった俺の前で、

「本当にもう、いい加減にしろよなっ」

と貴樹は乱暴に手にした契約書をなんと、瀬谷の顔に投げつけた。

「おっと」

あまりの剣幕に三雲先輩が思わず声を上げる。周囲の事務職も「こわ……」と互いに声を潜め、彼らの様子を窺っていた。人前でここまで叱責しなきゃならない何を瀬谷がしたというのだと、俺の胸に貴樹への憤りが芽生えてきた。

「昨日から少しも直ってないものを平気で出してくるとは、俺のことを馬鹿にしてるのか？」

「そんな……」

貴樹の怒声に慌てて顔を上げた瀬谷は、それでもそれ以上のことは言えないのかまた、

「申し訳ありません」

と頭を下げている。そういうことか——貴樹に提出を求められ、瀬谷は出来上がった契約書を提出したのだろう。多分言葉足らずでその契約書が法務部の了解を得ていることを貴樹に伝えられなかったんじゃないだろうか。貴樹は自分が直せと指示したにもかかわらず、ほぼ昨日のままの契約書を見せられ、激昂《げっこう》したに違いない。あまりの剣幕に瀬谷はますます何

も言えなくなっているのではないかと、俺は思わず、

「その契約書の件だけどさ」

と口を挟んでしまった。貴樹がじろりと俺を睨み、瀬谷はおどおどとした視線を俺へと向けてくる。周囲の注目も俺に集まったのがわかり、参ったな、と思いつつも、このまま瀬谷を放っておくのは気の毒だと彼らのほうへと歩み寄った。瀬谷が床から拾い上げた契約書を貸せ、と手を出して受け取ると、不快さを隠しもせず俺を睨みつけていた貴樹に俺は向き直った。

「これ昨夜、法務の永田のチェック受けて通ってるんだけど。何か問題あるのか？」

「永田の？」

貴樹の眉がますます不快そうに顰められる。

「ああ、法務部がＯＫ出したんだから、このままでいいんじゃないのか？」

これだけ怒りを露わにした彼と向かい合ったことなどなかったが、所詮同期じゃないか、と俺は怯《ひる》みそうになる自分を鼓舞し、そう言い返した。俺の言葉にますます貴樹の機嫌は悪くなったようで、瀬谷に対するよりも厳しいくらいの口調で俺を怒鳴りつけてきた。

「俺の指示の仕事を、俺の了承もなく先に法務に回すっていうのは順序が違うんじゃないか？　それになんでお前がこの件に口出ししてくるんだ？　お前の仕事とはまったく関係ないじゃないか」

「それは……っ」

貴樹の怒声に一瞬言葉に詰まった俺の横で、瀬谷が慌てた声を上げる。それもまた貴樹の不興を買ったようで、今度は瀬谷を睨みつけると、

「お前が泣きついたとでもいうのか？　だいたい人に助けてもらおうだなんて、最初から努力を放棄するようでどうするんだよ。能力のない奴に限って楽をしたがる。そんなんでこの厳しい社会を渡っていかれるとでも思ってるのか？」

と更に彼を罵倒するようなことを言い出したものだから、そりゃ違うだろうと俺はついつい庇《かば》うように瀬谷の前に立つと、

「それはちょっと違うだろう」

と貴樹を睨みつけてしまった。

「何が違うんだ？」

「瀬谷は俺に助けてくれと泣きついてきたわけじゃない。俺が見るに見かねて手を出しただけだよ。だいたい新人に契約書作らせるのに、法務に定型フォームがあることを教えないっていうのはどういうわけだったんだ？　何も参考にするものがなく一から作らせたらそりゃ時間もかかるだろう。それで遅いだのできてないだのと文句をつけるほうが間違ってるんじゃないか？」

「だからそれがおせっかいだというんだ。瀬谷の教育係は俺だ。お前の口出しすることじゃ

ない」

ぴしゃりと言い捨てた貴樹の語調の厳しさに、一瞬その場はしん、となったが、それに負けるわけにはいかなかった。どう考えても貴樹の『教育』は理不尽だ。このひと月、貴樹は瀬谷を『使えない』と怒鳴り続けてきたが、もともとの資質は決して彼の言うような『使えない』男ではなかったのではないかと——単に貴樹の指導に問題があったのではないかと、言わずにはいられなくなってしまったのだ。

『石にかじりついてでも営業で頑張りたいんです』

俺と永田の前で、静かながらも熱く語った瀬谷のやる気を育ててやりたい——そのとき見た、きらきらと輝く彼の真摯な瞳が俺を突き動かし、気づけば俺は、話は終わりだ、と言わんばかりにそっぽを向いた貴樹の腕を摑んでいた。

「確かにおせっかいかもしれないけど、お前の指導にだって問題があるんじゃないか？」

「何が問題だ」

人から間違いを指摘されることが最も嫌いだ、とかつて本人の口から聞いたことがある貴樹が、じろりと、これ以上はないというくらいの凶悪な顔で俺を睨みつけてきた。端整な顔が怒りに燃えるとまた格別の迫力がある。思わず怯んでしまいそうになった俺だが、ここで引いてどうすると負けずに彼を睨むと、

「さっきお前は瀬谷の能力が低いというようなことを言ったが、永田は瀬谷が独力で作った

この契約書を、ほぼ完璧だと手放しで褒めたんだぜ？　新人が何も参考にしないで三日で完璧な英文の契約書を作るなんて凄いことだと思わないか？　それに気づいてやれなかったお前のほうにも問題があると俺は言いたいんだよ」

と一気に思ってることを吐き出した。

「俺が気づいてなかったって言うのか？」

それもまた彼にとっては好ましくない表現だったようで、貴樹の顔がまた凶悪になる。

「気づいてたとは言わせないぜ」

「お前に何がわかるって？」

貴樹が俺の腕を振り払い、胸倉を掴むように手を伸ばしてきた。ぎょっとして身体を引いて避《よ》けようとした俺の前に、瀬谷がいつものおどおどした態度からは想像できないほどの素早さで立ちはだかったそのとき、

「お前ら、いい加減にしとけよ」

さすがに見るに見かねたのか、三雲先輩が立ち上がって俺たちを制し、俺も貴樹も、そして俺の前に立つ瀬谷もはっとしたように先輩を見た。

「喧嘩《けんか》するヒマあったら仕事しろって」

な、とわざと茶化した先輩の言葉に、張り詰めていたフロアの空気が一気に緩んだ。

「……ともかく、この契約書は法務のＯＫはとれてるから」

最後にこれだけは言っておかないと、と俺は貴樹の机の上に瀬谷の作った契約書を置くと、ふいとそっぽを向いた彼に背を向け自分の席へと戻ろうとした。

「すみません」

瀬谷が小さな声で俺にぼそりと囁いてくる。

「お前が謝ることじゃない」

俺も小声で返して笑うと、彼の背を叩いてやった。

「…………」

そんな俺たちの姿をちらと貴樹が見たような気がしたが、そのまま彼は大股《おおまた》でフロアを出ていってしまった。

「香川もなあ。仕事っぷりは素晴らしいんだが、後輩の面倒は見ないタイプだしな」

彼の姿を目で追った三雲先輩が俺に笑いかけてくる。

「教育係は面倒見のいいお前のほうが適任だったかもな」

「どうでしょう」

自分ではわからない、と俺は笑い、やれやれ、と小さく溜め息をついた。朝から思いもかけない激しい口論をしてしまったが、これで少しは貴樹の態度が改まり、瀬谷を指導してくれるようになるといいとそのとき俺は思ったのだったが、態度を改めるどころか、それこそ『思いもかけない』リアクションを貴樹がとってくることを、その夜身をもって知ることになった。

その日も俺は十時過ぎまで残業をし、一人帰路についた。結局瀬谷の作った契約書はそのまま回付されることになり、問題なく部長のサインを貰《もら》えたと瀬谷がメールで教えてくれた。あれから貴樹はずっと不機嫌そうにしていたが、俺の言葉に反省してくれたからか、はたまた周囲の反応が今一つ自分に不利であることに気づいたのか、前のように瀬谷を頭ごなしに怒鳴りつけることを今日はしなかった。それだけでもおせっかいを承知で口を出してよかったな——俺が帰るときに「お疲れ様でした」と笑顔を向けてきた瀬谷の顔を思い出し、俺は一人微笑みながら部屋のドアに鍵を挿《さ》した。

「?」

すでに鍵が開いていることに気づき、どういうことだ、と首を傾げながらドアノブを摑んだ。まさか泥棒か——？　緊張しながらそろそろと音を立てないように開いたドアの隙間《すきま》から室内の灯りが漏れてくる。誰かいるのか、と恐る恐る小さく開いたドアの間から中を覗き込んだ俺の目に飛び込んできたのは——。

「やあ」

この部屋の合鍵を唯一持っている相手——玄関先に佇む貴樹の姿だった。

「な……？」

思いもかけない彼の来訪に、俺は言葉を失いドアの外で立ち尽くしてしまった。

「入れよ」

貴樹が俺の腕を摑み、部屋の中に引きずり込む。

「お前、どうして……」

乱暴なその所作に彼の『悪意』としか思えぬ心情を見出し、手を振り解《ほど》こうとした俺は、貴樹に強く腕を引かれ、床に倒れ込んでしまった。

「何を……っ」

「今朝《けさ》はやってくれたじゃないか」

靴も脱がない状態で玄関先に転がった俺の上に、貴樹が馬乗りになってくる。

「やってくれたも何も、あれはお前が……」

いきなり何が起こってるんだ、という戸惑いは、貴樹が乱暴に俺のベルトを外し始めたことで吹っ飛んだ。

「やめろって！　一体なんなんだ！」

起き上がり彼の手を振り払おうとした俺の頬に貴樹の平手が飛んできた。

「……っ」

凄い勢いで頬を張られ、再び床へと倒れ込んだ俺の反対の頬を貴樹がまた殴りつける。

「俺にふられた腹いせか？」

ふん、と馬鹿にしたように笑った貴樹が、俺から乱暴にスラックスを引き剝ごうとした。

「よせっ」

「何が『よせ』だ。未練たらしく昨日もじろじろ俺を見てたじゃないかよ」

スラックスごとトランクスまで引き下ろされ、

「やめろっ」

と叫んだ俺の身体を貴樹はその場でうつ伏せにし、腹に腕を回して腰を高く上げさせた。

「こういう格好がお前にはお似合いなんだよ。な、幸也《ゆきや》」

抵抗する俺を片手でがっちりと押さえ込んだ貴樹が馬鹿にしたような口調で俺の名を呼ぶ。

「離せっ」

「恥をかかされた礼はきっちりさせてもらうよ」

ぴしゃ、と音を立てて俺の裸の尻《しり》を叩いた貴樹の声に、俺はまさか、と肩越しに彼を振り返った。こんな格好をさせられた時点から彼が何をしようとしているかは予測がつかないでもなかったが、それでも貴樹がジジ、とファスナーを下ろし、勃ちかけた自身を取り出すのを見た瞬間、

「やめろっ」

と彼の腕を逃れようと、渾身《こんしん》の力で暴れまくった。

「見えすいた抵抗だな、幸也」

「う……っ」

不快そうな声が背中で響いたと同時に、伸びてきた手が俺の睾丸をぎゅっと握り締めてきた。あまりの痛みに息が詰まり、蹲《うずくま》ってしまった俺の腰を貴樹がさらに高く上げさせる。

「俺に構ってほしかったんだろ？　こうして可愛《かわい》がってほしいから瀬谷なんかを庇ったんだろ？」

「違う……っ」

尻の肉を摑まれ、広げさせられたそこに貴樹の雄が押し当てられた。ぞく、と背中が震えてしまう自身の身体の反応が俺を激しい自己嫌悪に陥らせる。

「突っ込んでほしいなら突っ込んでほしいって言えよ。あんな嫌味ったらしい手を使わないでさ」

「やめ……っ」

前戯も何もない挿入が生む痛みに俺が悲鳴を上げたのに、躊躇《ためら》いを見せることなく貴樹は更にずい、と腰を進めてくる。

「痛……っ」

引き裂かれるような痛みに耐えられず、前へと逃れようとした俺の身体を、腹に回った貴樹の腕が制し、逆に強引に抱き寄せ、接合を深めてきた。

「や……っ」

生理的な涙が頬を伝う。この二年の間には貴樹も無茶をすることはあったが、それでもこんなふうに俺の身体を思いやらない——というより痛めつけようとする乱暴なだけの行為を彼はしたことがなかった。

「……さすがにキツいな」

くすりと笑う声は、面白がっているようにしか聞こえない。身体の痛みだけじゃない、そんな彼の様子に俺の心も苦痛の悲鳴を上げ、いつしか生理的な涙に感情がこもり始めてしまっていた。

「やめろ……っ」

「痛いばっかじゃ気の毒だからな」

そんな俺の顔を後ろから覗き込んだ貴樹は、また面白がっているようにくすりと笑うと、おもむろに前へと手を回し、俺の雄を握り締めた。

「……っ」

もう片方の手がスーツの襟を割り、シャツのボタンを手早く外したその隙間から入ってくる。Tシャツ越しに探り当てた胸の突起を掌《てのひら》で擦り上げながら、ゆるゆると俺の雄を扱き上げる、貴樹の動きは俺の身体の内に熱を生み、痛みしか感じなかったそこがひくりと蠢《うごめ》き始めた。

「……キモチよくなってきたんじゃないか?」

くすくす笑いながら貴樹がまた俺の顔を覗き込んでくる。次第に胸の鼓動が速まり息が上がってゆくのがどうにも耐えられず、俺は、

「やめろっ」

と叫んで身体を捩《よじ》ろうとしたが、貴樹を撥ねのけることはできなかった。

「説得力がないよな」

貴樹が俺を扱いていた手をいきなり目の前に持ってくる。

「……っ」

俺自身が流した先走りの液が光っている掌を見せつけられ、思わず顔を伏せてしまった俺の耳元で、貴樹は楽しげな笑い声を上げるとゆっくりと腰を前後させ始めた。

「やめ……っ」

内壁を擦り上げる彼の雄の感触はすでに苦痛などではなかった。再び彼の手が俺を激しく扱き上げ、ますます俺を昂めてゆく。熱く滾り始めたそこは次第に速くなる抜き差しのピッチに激しく震え、貴樹の雄を締めつけた。

「……食いちぎろうってか」

Tシャツ越しにすっかり勃ち上がった胸の突起を捻《ひね》られ、また強くそれを締めつけてしま

った俺の顔を貴樹が覗き込んでくる。

「何我慢してんだよ。喘げよ」

「やっ……」

唇を噛んでいたのは、あさましい自身の身体を俺が恥じていたからだった。気持ちのまったくこもってない、ただ俺を蔑《さげす》むだけのためになされているセックスだというのに、俺の身体は貴樹によって、抑えられないほどに昂まってきてしまっている。嫌で嫌で堪《たま》らないはずなのに、彼を締めつけその悦《よろこ》びを誘うような媚《こ》びた自身の身体に耐えられず、せめて感じていることだけは悟られまいと必死で上がりそうになる声を抑えていたことを、貴樹はいとも易々《やすやす》と見抜いたらしかった。

「いつもはやかましいくらいの大声出すじゃないか」

貴樹の腰の動きが、俺を扱き上げる手の動きが速まってゆく。

「あっ……はぁっ……」

パンパンと高い音を立て、彼が勢いよく下肢をぶつけてくる。堪えようとしても堪えられず、唇の間から零れた声が室内に響き、俺を堪らない思いに追い込んでいった。

「それでいいんだよ…っ」

「やっ……あっ……あっ……あっ……」

満足そうな貴樹の声に、女のような俺の喘ぎ声が被《かぶ》さって聞こえる。どうしようもないくらいに気持ちは落ち込んでいるのに身体だけはどこまでも熱くなり、やがて貴樹が絶頂を迎えたのと同時に俺も彼の手の中で達し、白濁した液を飛ばしてしまっていた。

「……」

またくす、と貴樹が俺の耳元で笑うと、俺を扱き上げていた手を俺のシャツで拭い、身体を起こした。

「……っ」

ずる、と彼自身が抜かれたとき、それを惜しむかのように後ろが収縮するのに耐えられず、俺はその場に崩れ落ちて小さく呻いてしまっていた。

「いい格好だな。幸也」

下肢だけ裸に剝かれ、尻を不格好に突き出した俺の姿は確かに『いい格好』だったろう。だがそれを嘲笑《わら》う権利が貴樹にあるかどうかは別の話だ。俺は低く呻きながらも床に這《は》い蹲《つくば》るようにして両手をつき、体勢を整えると、

「どういうつもりだっ」

と肩越しに貴樹を振り返り、怒鳴りつけてしまっていた。

「お前こそどういうつもりだったのかな?」

すでに貴樹は自身をスラックスに仕舞い込み、一分の隙もない服装をしていた。額に落ちる前髪をかき上げ、にっと笑いかけてくるその顔はこの二年、俺の目を奪い続けてきた笑顔

そのもので、俺をますますやりきれない気持ちにさせたのだったが、そんな俺の心情など理解するわけもない貴樹は、にっこりとそれこそ見惚れるような笑みを浮かべた顔を俺に近づけると、

「見せつけようとでもしたのかな」

と歌うような口調でそう言い、「ん？」と小首を傾げてみせた。

「見せつける……？」

どういう意味だ、と眉を顰めた俺に、貴樹は尚も俺へと屈み込み、端整な顔を近づけてくると、俺が考えたこともないような酷い言葉を口にした。

「それで俺がやきもちでも焼くと思ったか。それとも単に俺にふられた腹いせか？」

「な……っ」

貴樹は俺が瀬谷を庇ったのを自分へのあてつけだと思っているらしい。そうじゃない、お前の指導が問題だと言いたかったのだと口を開きかけた俺に、貴樹はこれ以上はないというほどの蔑みに満ちた口調で、

「嫌味なんだよ」

と吐き捨てるようにそう言い、勢いよく身体を起こした。

「そうじゃない、俺はただ……」

「俺に見せつけようっていうなら、これからはもう少しマシな相手を選べよ」

それじゃな、と貴樹は唇の端を上げるようにして微笑むと、踵を返し、呆然と彼を見つめる俺の前で靴を履き始めた。

「おいっ」

あっという間に靴を履き終えた彼が、何も言わずにドアを出てゆく。バタン、と閉まるドアに向かって叫んだ俺の声は貴樹の耳に届いていたはずだが、彼が引き返してくる気配はなかった。

いつまでも玄関先で、貴樹の言う『いい格好』をしているわけにはいかないと、俺はのろのろと身体を起こした。足首に溜まるスラックスを引き上げようとし、まず靴を脱ぐか、と、やはりのろのろとした仕草で両手で靴を摑んで脱いだ。力を入れた途端、どろり、と貴樹の放った精液が俺の後ろから流れ出す。

「……」

よほど俺は貴樹のプライドを傷つけてしまったらしい——貴樹は蔑むだけのために俺を抱いたに違いなかった。心のこもってないセックスのほうがまだマシだ。俺の身体を、そして心を傷つけるためにわざわざここまで俺を抱きに来た貴樹の、俺への怒りは相当なものだったようだ、と彼の乱暴な所作を思い出し、俺は裸の膝に顔を伏せると、はあ、と大きく溜め息をついた。

『お前こそどういうつもりだったのかな?』

にっこりと微笑みかけてきた貴樹の、端整という言葉だけでは言い尽くせないほどの見惚れるような微笑が俺の脳裏に蘇る。

まるで同じ顔だった――二年間、俺を抱き締め『好きだ』と囁いてきたのとまるで同じ顔を、すでに気持ちが離れたと言って憚らない俺に貴樹が向けてきたことが、何より俺を傷つけていた。

この二年、俺は貴樹と心が通じ合ってるものだとばかり思っていたが、貴樹にとってのこの二年は――俺は、一体どんな存在だったのだろう。

俺へと向けられる貴樹の微笑みは、確かに彼の『気持ち』を伝えているのだとばかり思っていたが、貴樹は少しも気持ちのない相手にもまるで同じ微笑を浮かべることができるのだ。

『好きだ』

美しすぎるほど美しい微笑を浮かべた彼が、囁いてきた愛の言葉――彼の微笑に実は少しの気持ちもこもっていなかったのと同じく、彼の言葉にも気持ちなどこもっていなかったということを、誰が否定できるだろう。

「……」

この二年――俺は貴樹の何を見てきたというのか。

そして貴樹は――俺の何を見てきたというのだろう。

貴樹にとって俺は一体どういう存在だったのか。『飽きた』と簡単に別れを切り出し、プライドを傷つけられたと烈火のごとく怒った彼にとっては俺は多分——少しも対等な相手ではなかったということだろう。

それに少しも気づかなかったというのは、我ながらぼんやりしているな——膝に顔を伏せたまま、俺は自嘲に顔を歪めた。不思議と胸は痛まなかった。ただただなんというか——自分が情けなくて仕方がなかった。

そんなことにすら気づかなかったということは多分、俺は貴樹をきちんと見ていなかったということなんだろう。一体俺は彼のどこに惹《ひ》かれ、どこを愛《いと》しく思っていたのだろう。

二年も付き合っておいて、今更考えることじゃないよな、と俺はようやく顔を上げ、気持ちを切り替えようと、はあ、とまた大きく溜め息をついた。と、そのとき、

「ピンポーン」

いきなりドアチャイムの音が室内に鳴り響き、俺は驚いて言葉もなく目の前のドアを見やってしまった。

「ピンポーン」

ドアチャイムの音が再び鳴らされる。まさか貴樹が戻ってきたのか、と俺が足元に溜まる下着やスラックスを引き上げかけたとき、がちゃ、と静かにドアノブが回り、啞然としてその場に座り込む俺の前でドアが静かに開かれていった。

「あ……」

開きかけたドアの向こう、思いもかけない男の姿に俺は思わず声を上げる。

「あ」

同じようにドアの向こうで驚愕に目を見開き、戸惑ったような声を上げたのは——瀬谷だった。

「な……っ」

なぜ瀬谷が——問いかけることができないほど、今の自分の姿を見られたことに俺は動揺してしまっていた。シャツの前ははだけ、下半身はほぼ裸に近い状態で——トランクスを上げきるより前に瀬谷がドアを開いてきたからだ——玄関先で座り込む俺は、どう見てもこんな場所で、その種の行為をしたあとに見えるに違いなかった。

「違う……」

慌ててスラックスを引き上げようとした俺の前で、半分ドアに隠れた瀬谷の顔が酷く歪んだ。

「やっぱり……」

ばさ、と何かが落ちる音がした、と思ったときには、掠れた声でそう呟いた瀬谷の顔は俺の視界から消えていた。開けかけたドアを彼が閉めたからだということがわからないくらい、俺は呆然と瀬谷の歪んだ顔の残像を閉じられたドアの上に見ていた。バタバタと瀬谷が俺の部屋の前から去っていく足音がドアの向こうから響いてくる。やがてその音が遠ざかり、どんなに耳を澄ませても聞こえなくなってしまった頃、ようやく俺はあまりの衝撃に失っていた自身を取り戻すことができるようになった。

『やっぱり…』

のろのろと立ち上がり、スラックスを引き上げた俺の脳裏に瀬谷の歪んだ顔が蘇る。

一体彼は何をしに来たのか。俺のこの姿を見て、どう思っただろうか。

まず彼は俺が誰かに抱かれたあとだということに気づいただろうか、と俺は考え――一目瞭然か、と自身の身体を見下ろし溜め息をついた。

『やっぱり…』――瀬谷が俺を見て呟いた言葉は、『やっぱり』俺は玄関先で男に抱かれるような男なんだな、という意味だったんじゃないかと思うだに、それ以外の正解などないような気になってくる。

違うのに――それを説明するより前に、俺の前から駆け去った瀬谷に、この先俺が弁明する機会は訪れるのだろうか、と俺は彼の消えたドアを見やったが、答えはどう考えてもNOのような気がした。

相当軽蔑《けいべつ》したのだろう――まああんな姿を見られてしまっては軽蔑されて当然だな、と俺はまた大きく溜め息をつくと、シャワーでも浴びようと踵を返し、ドアの前を離れた。

貴樹がわざと軽蔑しきったことを言ってきたときにも、俺の胸にはここまでやりきれない思いが湧《わ》き起こってはこなかった。だが瀬谷に軽蔑されたと思っただけで、俺はなぜだか酷

くいたたまれない感情に捉われ、なんとか誤解を解く手はないかと考え始めてしまっていた。

「……」

なぜ俺は瀬谷に軽蔑されたくないとこんなに必死になっているんだろう。

浴室の戸に手をかけたまま考え込んでしまっていた俺は我に返ると、ふと見やった玄関のドアの鍵がまだ開いていることに気づいた。無用心かと鍵をかけに行き、そういえば瀬谷が何かを取り落とした音を聞いたような気がする、と思い出した。

ちゃんと彼は拾って帰っただろうか、とドアを開いて外を見る。ドアを開いたすぐのところにビニールの包みが落ちたままになっていて、それを見た瞬間、俺は胸に込み上げてきた熱い思いに言葉をなくし、その場に座り込んでしまっていた。

手を伸ばしてビニールの包みを引き寄せる。中に入っているのは駅前で売っていたに違いない――たこ焼きだった。

『お前に食べさせてやろうと思ったのに』

『ありがとうございます』

本当に嬉しそうに微笑んだ瀬谷の顔が俺の脳裏に蘇る。

『礼は食ってから言えよ』

『……島田さんの気持ちが嬉しかったんです』

ぼそりと呟いた彼の声――二人前後して道を歩きながら背中で聞いた、小さな彼の呟きがやけに俺の胸に温かく響いたのは、きっと——。

瀬谷と話そう。

気づいたときには俺はたこ焼きの包みを離し、立ち上がっていた。内ポケットから手帳を取り出し、部員の住所録を控えた頁《ページ》を開く。成城の瀬谷の住所を頭に入れ、俺は部屋を飛び出した。ちょうど通りかかったタクシーの空車に手を挙げて停《と》め、「成城」と行き先を告げる。走り出した車の窓から外を眺めたとき、ぽつぽつと窓ガラスに水滴が飛んでくるのを見て、雨が降り出したことに俺はようやく気づいた。

『あなたが心配で』

降りしきる雨の中、自分の傘を俺に差しかけようとして追いかけてきたあまり、ずぶ濡れになっていた瀬谷の姿が、何も見えない車窓の向こうに蘇る。

「……」

あの夜、泣きじゃくった彼の胸は本当に温かかった。少し速い鼓動も、俺の着古したスウェット越しに感じた逞しい胸も、背中に回った彼の手の力強さも、何もかもが傷ついた俺の心を癒し、心ゆくまで泣かせてくれたのだった、と俺はこつん、とガラスに額をぶつけて目を閉じ、彼の面影を追おうとした。

『……やっぱり』

その途端、閉まりかけたドアに遮られてすぐに俺の前から消えた瀬谷の歪んだ顔が浮かび、俺はその像から逃れようと目を開き、ポツポツと雨が当たる窓ガラスの外、後ろへと流れる街灯の光を目で追い始めた。

嫌だ――瀬谷に誤解されたままでは嫌だ。

不意に俺の胸に、自分でもどうしたのかと思うほどの激しい思いが湧き起こり、思わず拳を握り締めてしまっていた。

失いたくなかった。あの温かな胸を。優しい腕を。朴訥な声を――こうして誤解されたまま、瀬谷を失うのはどうしても――嫌だった。

失うも何も、もとより彼を手にしてなどいないのかもしれない。彼が俺へと向けてくれた優しさは、単に自分の前で泣きじゃくった先輩を放っておけなかったから、というだけのものだったのかもしれない。今夜、俺が食わせてやりたいと言ったたこ焼きを買ってきたのにも深い意味はなかったのかもしれない。それでも俺は――瀬谷が俺に対してたとえ特別な感情を抱いていないにしても、彼に嫌われることにだけは、どうしても耐えられなかった。

「………………」

嫌いの対極には『好き』がある。

俺は――。

いつの間にか瀬谷のことを好きになってしまっていた。

5

タクシーから降り立った瞬間俺は、住所録で見た番地に建つ瀟洒《しょうしゃ》なマンションを前に呆然と佇んでしまった。高級住宅地に相応しい三階建てのマンションだった。広々としたエントランスといい、中庭がありそうな佇まいといい、一戸ごとの面積はかなり広いと思われるいわゆるこんな『高級』マンションに、本当に瀬谷は住んでいるのだろうかと、雨の中、俺は首を傾げつつ暫し立ち尽くしてしまったのだったが、とりあえず確かめてみるかとエントランスを潜ることにした。

広いエントランスは塵《ちり》一つないほど綺麗に掃除され、大理石の床も壁もぴかぴかに磨かれていた。右手に並ぶ郵便受けで、住所録にあった瀬谷の『三〇五』という部屋番号を探す。『E．SEYA』――瀬谷英嗣――確かに彼の名がローマ字で綴られていることを確認し、俺はなんともいえない気持ちになった。言っちゃなんだが、彼の服装といい態度といい、こんな高そうなところに住んでいるようにはとても見えなかったからだ。

人は見かけによらないってことか、と失礼なことを考えつつ、俺はオートロックの扉の前に置かれた機械で瀬谷の部屋番号をプッシュした。次第に胸の鼓動が上がってくる。彼が俺の部屋を飛び出してから、随分時間が経っている。タクシーで帰ったとしたらもう部屋にいるだろう。電車だったらまだ帰り着いていないだろうか。

そんなことを考えながらしばらく俺は機械の前に佇んでいたのだが、備えつけのインターホンからは少しの音も聞こえてこなかった。やはりまだ、帰ってはいないらしい、と溜め息をつき、俺は一旦機械の前を離れ、再び郵便ボックスの前に立つと、瀬谷のプレートのローマ字の凹凸《おうとつ》を指で辿った。

彼が帰ってきたら、なんと切り出せばいいのだろう。『誤解だ』というのは事実じゃないし——貴樹が無理やり俺を抱いたのだとしても、あの場で行為に及んだということは消しようのない事実だった——かといって『お前の思ったとおりのことをしていた』などということをわざわざ俺は言いに来たわけじゃなかった。あの場であんな姿をしていたことを説明するには、貴樹とのことをまず言わなければならないのだろうが、二人のプライバシーを瀬谷に告げるのはどうかとも思ったし、何より自分が飽きたから捨てられた、とも言い辛かった。

俺は一体何を言いに来たのだろう——矢も楯も堪らず家を飛び出してきたはいいが、実は何も考えてなかったという自分の間抜けぶりに俺が大きく溜め息をついたとき、エントランスの自動ドアが開く音がし、俺ははっとして顔を上げた。

「…………」

入ってきたのは年輩の女性だった。郵便受けの前に立つ俺をじろりと一瞥したあと、バッグから鍵を取り出し、オートロックを開いて中へと入っていったのだが、鍵を当てている最中も、自動ドアを入ったあとも、ちらちらと俺を胡散《うさん》くさげに睨んでいた。そんなに俺は怪しい風体をしているのだろうかと自分の服装を見下ろし、貴樹に強引に外されたシャツのボタンがまだはまっていなかったことに気づいた。慌てて三つほど外れたボタンをはめ、あとは大丈夫かとガラスのドアを鏡代わりに眺めてみると、髪はぼさぼさだわ、スーツはよれよれだわで、まさに『怪しい男』のシルエットをそこに見出し、慌てて髪を手で梳《す》き上げ、スーツを引っ張ってしゃんとしようとした。

と、そのとき俺が鏡代わりにしていたオートロックのドアの向こうに中年の男の影が差した。このマンションの住民だろうか、と首を傾げつつ俺はドアの前を離れ、また郵便ボックスの近くまで下がったのだったが、男は俺から視線を外さずそのままドアからエントランスへと歩み出てきた。

「あんた、このマンションに何かご用？」

「え？」

まさか話しかけてくるとは思わなかったので、俺は思わず絶句してしまったのだったが、それがまた怪しげに見えたらしい。

「私はこのマンションの管理人なんですがね、何かご用ですか、と聞いてるんですけどね」

「あ、すみません」

先ほどの年輩の婦人が管理人に通報したらしい。俺は慌てて怪しい者ではないと説明しようと、

「あの、友人を訪ねてきたんですが留守みたいで……」

とその、いかつい顔をした管理人に告げた。

「友人？　誰です？」

「あの……」

名前を言おうかな、とちらと俺は郵便受けの瀬谷のプレートを見たのだったが、俺の視線を追った管理人が、

「失礼ですが、あなたのお名前は？」

と、ますます疑わしい目を向けてきたものだから、俺はなんだかいたたまれなくなってしまい、

「いいです。またあとで来ます」

とエントランスを飛び出した。瀬谷に迷惑になるのではないかと怖れたのだ。建物を出たところで振り返ると、管理人はその場を動かず、不審そうな顔で俺を睨みつけていた。どうやら相当怪しい奴だと思われたらしい。俺は本降りになってきた雨の中、道路の反対側に渡

り、雨を遮るような場所を探したが、民家ばかりで軒先を借りられそうな建物は見当たらなかった。仕方がない、と俺はマンションのエントランスからは死角になると思われる電柱に凭れかかり、そこで瀬谷の帰りを待つことにした。時間的にそろそろ彼も帰宅するだろうと思ったからだ。

だがいつまで待っても瀬谷は姿を現さなかった。夜が更ければ更けるほど、住宅街のこの道路には人通りがなくなり、俺はぽつんと一人佇んだままマンションのエントランスの灯りを眺め続けていた。

帰ろうかな――雨は容赦なく俺の全身を濡らしていた。スーツが濡れてずっしりと重くなっている。纏わりつく衣服に体温を奪われ、かちかちと歯を鳴らしてしまうほどの寒さに身体は震えていたが、それでもどうしても俺はその場を立ち去ることができずにいた。

『……やっぱり……』

瀬谷の歪んだ顔が俺の脳裏に浮かんでは消え、消えては浮かんで、寒さに負けて帰ろうとする俺をその場に引き止めていた。

誤解されたくない、彼と話したい――それだけを考え、俺は降りしきる雨の中、彼の帰りを待ち続けたが、一時間が経ち二時間が経っても瀬谷の長身がマンションのエントランスに現れることはなかった。瀬谷と話をしなければという思いは次第に強迫観念に近くなってきてしまい、なんとしてでも今夜中に話をしようと俺はじっとその場に立ち続けた。雨に濡れて落ちた前髪をかき上げたとき、自分の指先が感覚を失っていることに気づいた俺の脳裏にふと、あの夜の――雨の中、ひたすら俺に傘を差しかけびしょ濡れになっていた瀬谷の顔が浮かんだ。

彼もきっと寒かったに違いない。あのあとなぜか二人してシャワーを浴びたとき、摑んだその腕の冷たさに俺は驚いたのだった。

彼にそんな寒い思いをさせたのだ、今、俺がこの雨の中彼を待たずしてどうする――よく考えればなんの関連性もない思考だったと思う。だがそのときの俺は、この冷たい雨の中、瀬谷を待ち続けることが何より大切なことだと錯覚してしまっていた。

やがて空が白々と明けてくる頃になり、ようやく雨足が弱まってきた。チュンチュンと雀《すずめ》の鳴き声が聞こえてくる。何時なのだろう、と水滴に覆われた時計を拭って時間を見ると、間もなく午前五時になろうとしていた。

瀬谷は帰ってこなかったな――彼はどこで夜を明かしたのだろうか、と思った瞬間、俺の胸に差し込むような痛みが走った。彼にも家以外に宿泊する場所があったということか――その可能性を少しも考えなかった自分の愚かさに自嘲したと同時に、くらりと眩暈を覚え、その場に蹲ってしまったとき、

「あれ！　あんた、まさかずっとそこにいたの？」

早朝の道に大きな男の声が響き渡り、驚いて顔を上げた俺の視界に瀬谷のマンションの前

に佇む男の——管理人だと名乗った中年の男の姿が映った。

「あ……」

しまった、見つかったたか、と慌てて立ち上がった俺に向かって管理人は心底驚いた顔のまま、つかつかと歩み寄ってくると、

「何よ、こんなところで夜明かししたのかい？　そんなにずぶ濡れになって？」

呆れたねえ、と大きな声で言いながら俺の顔を覗き込んできた。

「はい……」

「そんなに震えて、大丈夫かい？　風邪ひいたんじゃないの？」

「大丈夫です」

言われて初めて俺は自分の身体が酷く震えていることに気づいた。がたがたと、それこそぎゅっと己の身体を抱き締めていなければならないほどの震えが全身を覆っている。

「大丈夫じゃないだろう。なんだい、一体誰を待ってたんだい？」

「あの……三〇五の瀬谷さんを……」

思わず答えてしまった俺の声も、寒さに震えてしまっていた。しまった、彼に迷惑をかけまいと思っていたはずなのに、と唇を噛もうとしたが、歯の根が合わないほどに震えていた口元はなかなか思うように閉じなかった。

「瀬谷さん？　あの人昨日帰ってこなかったの？　珍しいな。真面目な人なのに」

へえ、と管理人が驚いたような声を出す。瀬谷の真面目さはマンションの管理人も認めるところらしい、と俺はなんだか微笑ましく思ったのだが、震える頬は笑いを形にしてはくれなかった。

「いえ、そんな」

「しかしほんとに寒そうだね。いいから入んなさいよ。お茶でも入れてあげるから」

昨日とは打って変わった管理人の親切な態度に俺は戸惑い、慌てて首を横に振った。

「遠慮するこたぁないよ。もうすぐ瀬谷さんも帰ってくるだろ、さあさあ」

もともとが面倒見のいい親切な男なのだろう。頭の先から爪先までびしょ濡れで、歯の根が合わないくらいにガタガタ震えている俺の姿を見て放っておけなくなったらしい。

「いいえ、本当にいいです……瀬谷には会社で会えますから」

ありがたい申し出だったが、こうして夜が明けてみると、俺の心には瀬谷を前に何を話したらいいのだろうという迷いが生じてしまっていた。一晩中雨の中、帰りを待っていたと知ったときの瀬谷の顔を見るのも怖かった。

『……やっぱり』

あの歪んだ表情のまま、迷惑そうに舌打ちでもされてしまったら、立ち直れないかもしれない——一瞬にして俺はそんなことに考えを巡らせ、管理人のありがたい申し出を固辞すると、

「すみませんでした」

と足早にその場を離れようとした。

「あ、あんた、名前は？　瀬谷さんに伝えなくていいのかい？」

「はい、直接言いますから」

言えるかどうかはわからなかったが、名乗る勇気も今の俺にはなかった。俺はそのまま足を速めて大通りを目指し、ちょうど通りかかった空車のタクシーに手を上げた。

「ありゃあ、お客さん、びしょ濡れじゃない」

運転手は一瞬嫌そうな顔をしたが、

「ま、これから営業所に帰るだけだからいいんだけどさ」

としぶしぶ俺を乗せてくれた。暖かい車内に乗り込んでも、俺の身体の震えは止まらなかった。

「なんか顔色悪いねえ。大丈夫かい？」

ちらちらと運転手がバックミラー越しに俺を見て、参ったなあ、と独り言を呟いている。

「大丈夫です」

正直大丈夫ではなかった。時折意識が遠のきそうになるのは、一晩中一睡もせず立ち尽くしていたからに違いなかった。熱もあるかもしれない、と額を掌で押さえたが、冷たいんだか熱いんだか、少しも自分ではわからなかった。

「早いとこ着替えなよ。濡れた服は体温奪うからね」

この運転手も根はいい人だったようで、俺をアパートの前で下ろしてくれる前にそんな親切なアドバイスをしてくれた。

「ありがとうございます」

車を降りたときぐらりと周囲が揺れ、平衡感覚がすっかりなくなっていることに気づいた。眩暈が酷くて目を開けていることができない。スポンジの上を歩いているような感覚で塀づたいにアパートまで足を進め、我ながら覚束《おぼつか》ない足取りで自分の部屋を目指した。ぐっしょりと濡れたポケットからなかなか鍵を取り出すことができなかったが、それでも気力でなんとか鍵穴に挿し、ぶるぶる震える指でノブを摑んで回す。玄関を入り、なんとか靴を脱いだときに俺の気力は限界を迎えた。足を踏み出した途端に俺は床に倒れ込み、そのままま動けなくなってしまったのだった。ぐるぐると周囲が回るようでとても目を開けていられない。それでもなんとか薄く開いた目の前に、ビニールの包みが転がっているのが見えた。

瀬谷——。

昨夜彼が買ってきてくれたたこ焼きが、俺の視界でぐにゃりと拉《ひしゃ》げた。途端に俺の目からは涙が零れ落ち、冷え切ったこめかみを伝って床へと流れ落ちていく。

誤解しないでくれ——頼むから俺の言うことを聞いてくれ。
朦朧《もうろう》としてきた頭で、俺はそれだけを考えていた。あれだけ寒さにがたがたと震えていたはずなのに、今は少しも寒さを感じない。五感のすべてが失われつつあるような感覚はさすがにマズいんじゃないかとぼんやりと思ったような気がしたが、霞《かす》んでいく意識にそんな思いは霧散し、いつしか俺はその場でまるで眠り込むように意識を失ってしまっていたようだった。

身体が痛い——我慢できないほどの関節の痛みが俺を眠りの淵から呼び起こした。

吐き出す自分の息も熱い。相当熱が高いらしい。薄く目を開いた途端、酷い眩暈に襲われ、

「……っ」

俺は再び目を閉じると寝返りを打ち枕《まくら》に顔を埋めた。

枕——？　確か俺は床に倒れ込んだのではなかったか、とまた眩暈を恐れながらもゆっくりと瞼を持ち上げ、自分がベッドに寝かされていることに気づいた。再び襲い来る眩暈を堪えつつ身体を見下ろすとスウェットの上下を身につけている。これは確か、瀬谷に貸してやったものじゃなかったか、と胸のあたりを摑んだそのとき、

「気がつきましたか」

頭の上で響いた声に、俺は驚き思わず顔を上げてしまった。途端にぐらりと視界が回り、乗り物酔いに似た気分に襲われたのだったが、それでも視界を掠めた男の姿をもう一度確かめようと、俺は無理やり目を開いた。

「……島田さん？」

心配そうに眉を顰め、俺の顔を覗き込んでいるのは間違いなく瀬谷だった。夢でも見ているのだろうか。それとも高熱が生んだ幻覚でも見ているのだろうかと俺は思わずその存在を確かめようと手を彼へと伸ばそうとしたのだが、己の身体から生えているはずの腕は酷く重くて少しも持ち上がらなかった。やはりこれは俺の夢か幻影なのではないかと目を閉じかけた俺は、頰に温かな手の温《ぬく》もりを感じ、再び薄く目を開いた。

「大丈夫ですか？」

まだ瀬谷の姿は消えてない——もしや本当にこれは現実の彼なのか、と問いかけようとした唇が乾き切って開かない。

「……水、飲みますか？」

唇を舐めた俺を見た瀬谷がそう問いかけてくるのに頷くと、わかった、というように瀬谷は頷き返したあと俺の背を支え、半身を起こす手助けをしてくれた。

「これ」

すでに枕元に用意してあったらしいポカリスエットのキャップを捻って渡してくれた彼の手に俺の手が触れる。本物だ——今、俺の目の前に瀬谷がいるのだ、という『現実』を前に、信じられないと俺は渡されたポカリを飲むのも忘れ、まじまじと彼を見やってしまっていた。

「飲めませんか?」

俺の目の前で瀬谷の、よく見ると形のいい眉がまた、心配そうに顰められる。

「いや……」

彼の問いかけに我に返った俺は慌てて首を横に振ると、ごくり、と手の中のポカリのボトルを呷《あお》った。喉《のど》を流れ落ちる液体の冷たさがまた心地よい。

「水分はたくさん摂ったほうがいいですって先生も言ってました。もうすぐ解熱剤の注射が効いてくるそうですからね、楽になりますよ」

俺の背を支えてくれながら、瀬谷はこくりこくりとポカリを飲む俺の顔を覗き込み微笑みかけてくる。『先生』だの『解熱剤』だの『注射』だのの単語が引っかかったが、それを追求するほどの元気が今の俺にはなかった。

「……なんで?」

「え?」

それでもさすがになぜ、ここに瀬谷がいるのかという疑問は熱を理由に流すわけにはいかず、彼に背を支えてもらい、再び布団へと仰向《あおむ》けに寝かされながら尋ねた俺に、瀬谷は一瞬何を問われたのか考える素振りを見せたあと、ああ、と納得したように笑った。

「管理人さんに聞いたんです。一晩中島田さんが僕を待っててくれたって」

「管理人さんが……？」

彼には名乗らなかったのにどうして俺だとわかったのだろうと首を傾げると、

「名前は聞かなかったけど、僕と同じ会社で綺麗な顔した男の人だと管理人さんが言ってたんでね、すぐわかりましたよ」

瀬谷はにこ、と笑って、額に張りつく俺の髪を梳き上げてくれた。

「綺麗……」

それは違うだろう、と笑おうとした俺を見下ろし、瀬谷がぽつりと、

「綺麗ですよ」

と呟くように言うと、目を細めるようにして微笑みかけてきた。

「…………」

胸の鼓動が速まってくる。これも熱が俺に聞かせた幻聴だろうかと心持ち頬を染めた瀬谷の顔を見上げた俺に、思い出したように瀬谷は先ほどの俺の問いの答えへと話を戻した。

「あなたが随分具合が悪そうだったって管理人さんに聞いて心配になって、出社前にここに寄ってみたんです。そしたら鍵は開いてるわ、あなたは玄関先でびしょ濡れの服のまま倒れてるわでもう、びっくりしてしまって……」

それで慌てて俺を着替えさせたあとかかりつけの医者を呼び、解熱剤を注射してもらったのだ、と瀬谷は説明してくれたあと、不意に厳しい顔になった。

「だいたいなんだって一晩中雨の中に立ってるなんて無茶したんです？　そんなことしたら風邪ひくの当たり前じゃないですか。肺炎だって起こしかねなかったって先生も言ってましたよ？　本当に、どれだけ心配したと思うんです」

頬を紅潮させ、大きな声で叫ぶようにそう告げた瀬谷の瞳が、室内の灯りを受けてきらきらと輝いて見えていた。

『あなたが心配で』

いつか彼に告げられた言葉が、熱に浮かされぼうっとしていた俺の頭に蘇る。

心配――心配してくれていたんだ。目の前で真剣に俺を叱責している瀬谷の顔を見るにつけ、彼に『心配』してもらったのだという実感が熱い思いと共に一気に俺の胸に込み上げてきた
「…………」

込み上げてきたのは熱い思いだけではなかった。俺の目は不意に込み上げてきた熱い涙に潤んでいた。それだけじゃない、俺の喉には嗚咽の声まで込み上げていた。

「う……」

「島田さん」

噛み締めた唇の間から、堪えきれない声が漏れ、涙が頬を伝った。瀬谷が俺を心配してくれたことが嬉しくて仕方がなかった。心配してくれたということは少なくとも彼は俺を嫌ってないんじゃないかと思えたからだ。

「島田さん」

瀬谷が俺の名を繰り返し、大きな掌を俺の頬へと当ててくる。流れ落ちる涙を拭ってくれる、意外にも細く長い彼の指が俺への気遣いに満ちた繊細な動きを見せるのに、ますます俺の涙は止まらなくなった。

「ごめん……」

嗚咽にくぐもる声で、俺は瀬谷に詫びた。

「……何を謝るんです」

頭の上から降ってくる瀬谷の声はどこまでも優しい。

「心配かけて……ごめん」

「……謝るようなことじゃないですよ」

瀬谷がくす、と笑った気配がし、俺はようやく涙が収まってきた目を上げ彼の顔を見やった。

「……本当にどうして……あんな無茶したんです?」

瀬谷の黒い瞳が、じっと俺を見下ろしている。慈しみに満ちた光をその瞳の中に感じたからだろうか、それともまだ高い熱が俺の頭から『取り繕い』という概念を奪ったからだろうか、気づいたときには俺は、自分の気持ちを正直に彼に告げてしまっていた。

「お前にだけは誤解されたくなくて」

「誤解？」

瀬谷の瞳が少しだけ大きく見開かれる。その分だけ瞳の星の煌きが増したように見え、俺はその光に魅入られながら、ぽつぽつと言葉を綴っていった。

「昨夜、玄関であんな格好を見られてしまって、お前が俺を軽蔑したんじゃないかと……お前に嫌われてしまったんじゃないかと思ったら、いてもたってもいられなくなってしまって」

「島田さん」

まだ頬を包んでいた瀬谷の手に、そっと力が込められたのがわかった。見上げた瀬谷の顔は、何か言いたげで、その言葉を聞くのがなんだか怖くなってしまって俺はまた口を開いた。

「……酔っ払ってたとはいえ、お前と無理やりその……寝てしまったこともあるし、もしかしたら誰とでも平気でそういうことができる男だと思われたかもしれない。そう考えたらたまらなくなってしまって、どうしてもお前に『違う』と言いたかったんだ」

「島田さん」

瀬谷がまた俺の名を呼び、額を合わせるように俺へと屈み込んでくる。近すぎて焦点が合わない瞳がじっと俺を見下ろしている、その瞳に俺を厭《いと》う影が差していないことに救われる思いがした俺は、まるで熱に浮かされたように喋り続けていた。

「……昨夜は決して俺は望んで抱かれたわけじゃなかった。それをお前に伝えたかった……今までは確かに自分の意志であいつに抱かれてたんだから、今更何を言うんだと思われるかもしれないけど、それでも俺は……」

「わかってます」

瀬谷の静かな声が俺の言葉を制した。焦点の合わない彼の黒い瞳が細められたのが視界いっぱいに広がって見える。

「……あなたがそんな人じゃないってこと、わかってます」

「瀬谷……」

額に瀬谷の額が重ねられる。息がかかるほどに寄せられた唇が静かに言葉を紡ぎ出すのを俺は夢でも見ているかのような錯覚に陥りつつ聞いていた。

「あの夜——あなたが酷く酔っ払った夜、あなたはずっとあの人の——香川さんの名を呼びながら泣いていた。どうして別れるなんて言うんだ、別れたくない……あなたたちの関係を知らされてショックを受けなかったと言えば嘘になるけど、それ以上に僕は泣いているあなたを見て堪らない気持ちになった。どうにかして慰めてあげたかった。あなたの涙を止めてあげたかった。そんな自分の気持ちが単なる同情なんかじゃないことに、そのときから僕は気づいてた」

「……え……」

瀬谷は何を言い出したのだろう——静かではあるが熱のこもった彼の言葉に酔ったかのように俺の思考がぼうっと霞んでゆく。俺の視界に広がる瀬谷の瞳がまた細められ、頬を包む手に力が込められたあと、瀬谷は再び口を開いた。

「あなたが僕をホテルに連れていったとき、『やめたほうがいい』と諭してあげることもできたのに僕はそれをしなかった。翌朝あなたが自分の行動に傷つくんじゃないかと思っていたのに、どうしても僕はあなたを止めることができなかった。あなたに触れられた瞬間、僕から理性が吹っ飛んでしまった」

「……瀬谷」

「あなたとしたかった……だから僕はあなたを止めなかった。我ながら卑怯《ひきょう》だと思いましたが、あなたとしたいという欲望には勝てなかった」

「だってお前……『なかったことにしよう』って……」

頭が混乱してくる。瀬谷が俺と『したい』と思っていた——？　発熱が俺に幻聴を聞かせてるとしか思えなくて、俺は思わずそう口を挟んでしまったのだったが、返ってきた瀬谷の答えはますます幻聴かと疑うような、まさに俺の聞きたい言葉だった。

「あなたが後悔していると思ったから……。あの日以来、ずっと僕を避けてたのがわかったし、何より真面目なあなたが後悔しないわけがないと思っていたので言っただけで、口ではそう言いながらも絶対に『なかったこと』になんか僕はしたくなかった。たとえ気持ちが少しも込められてなくても、たとえあれが最初で最後の一回になったとしても、僕はあの夜のことは忘れられない、大切な思い出にしようと思ってた」

「そんな……」

信じられない——告げられる瀬谷の言葉を聞いている俺の胸には『期待』としかいえない思いが膨らみつつあった。違う、そんな自分に都合のいい解釈をしちゃいけない、と回らない頭で必死に俺はその『期待』を退けようと思うのに、どんどん膨らむその思いは抑えることができなかったようで、気づいたときには俺は両手を伸ばし、彼の腕を摑んでしまっていた。

「……香川さんを諦められないでいるあなたが痛々しかった。できることならその心の傷を僕が癒してあげたいと不遜《ふそん》なことを考えもした。泣きじゃくるあなたを抱き締めながら、僕ならあなたをこんなに悲しませたりしないのに、と思う気持ちを止められなかった。そんな勝手な思い込みはあなたにとって迷惑に違いないと頭ではわかっていたのに、どうしても僕は自分の気持ちを抑えることができなくなってしまったんです」

「瀬谷……」

やはり俺は夢を見ているんじゃないだろうか——瀬谷の言葉に、俺への『想い』を感じる。

それは単に熱に浮かされた俺の読解力が著しく落ちているからなのか、冷静に考えれば少しもそんな言葉を彼は告げてないいんじゃないかとか、さまざまな思いが頭の中で渦巻き、俺を混乱させていた。知らぬうちに瀬谷の腕を摑んでいた手に力が込もってしまったらしい。瀬谷はまた目を細めるようにして微笑むと、こつん、と俺に額をぶつけ、話を続けた。

「あなたが僕の世話を焼いてくれるのがたまらなく嬉しかった。面倒見のいいあなたにとってなんでもないことだったのかもしれないけど、それでも僕は嬉しくて仕方がなかった。香川さんに叱責される僕を庇ってくれたときは、夢でも見ているんじゃないかと思うほどだった。それでどうしてもお礼が言いたくて昨夜、仕事のあとあなたの家を訪ねたら……」

瀬谷の眉が微かに顰められる。途切れた言葉の先にある光景が——昨夜の自分の情けない姿が俺の脳裏に蘇り、堪らず俺は彼から顔を背けようとしたが、瀬谷はそんな俺の視線を追いかけ顔を覗き込んできた。

「駅前でたこ焼きを買ってるとき、香川さんらしき人が駅の階段を降りていくのを見たような気がして、嫌な予感がしたんです。香川さんが要領の悪い僕をなんていうか、酷く嫌っていることは感じてましたし、昨日、あなたが皆の前で僕を庇うあまりに香川さんを責めたことに、相当腹を立てていることもわかってました。もしやあなたに恨み言の一つも言いに行ったんじゃないかと心配になってあなたの部屋に駆けつけてみたら、恨み言どころか、もっと酷いことをしたらしいとわかってしまって——」

「……」

瀬谷はやりきれないというように一旦言葉を切ったが、小さく息を吐き出すと無言で彼を見上げる俺に、また目を細めるようにして微笑んだ。

「それであれから香川さんの家に行ったんです」

「……え？」

思いもかけない言葉に小さく声を上げた俺に、瀬谷は、ええ、と頷いたあと再び口を開いた。

「これ以上あなたを傷つけないでほしい。それをお願いに行ったんです。本気じゃないならもう島田さんに近づかないでほしい、あの人を傷つけることだけはやめてほしい――お前が口を出すことじゃないと最初は相手にもしてくれませんでしたが、夜通し土下座してそればっかりを繰り返していた僕をさすがに持て余したのか、最後は『わかった』と約束してくれました。まさかその間、あなたがずっと僕の帰りを待ってたなんて……」

「土下座……？」

申し訳なさそうに眉を顰めた瀬谷の腕を俺は思わずぎゅっと摑んでしまっていた。

「……え？」

「なんで……あんな男に……あんな男に土下座なんかすることないのに……」

目の前の瀬谷の顔が霞んでゆく。

「島田さん……」

「馬鹿だ……あんな男に土下座するなんて……俺のためにあんな……あんな奴にお前が頭下げることなんかないのに……馬鹿だ……本当にお前は馬鹿だ……」

喋りながらも俺の目からは堪えきれない涙がぽろぽろと零れ落ち、目尻を伝って枕を濡らしていった。馬鹿だ——本当に馬鹿だ。貴樹は瀬谷が土下座するような価値のある男じゃない。不当に瀬谷を罵倒し続けていたような奴だ。俺を『飽きた』と言って簡単に捨てるような、その俺にプライドを傷つけられたからと強姦するような、そんな男に瀬谷が一晩中頭を下げ続けていたのかと思うと、俺の涙は止まらなくなった。悔しかった。瀬谷にそんなことをさせてしまったかと思うと、どうしようもなく俺は悔しかった。申し訳なくもあった。

「土下座でもなんでもします」

瀬谷がしゃくり上げる俺の頬を両手で包み、微笑みかけてくる。

「あなたを守るためなら」

彼の瞳が微笑みに細められる、その顔を見た俺の胸にどうしようもないほどの嬉しさが込み上げてきてしまうのを、抑えることができなかった。

「馬鹿だ……」

それでも彼をなじるようなことしか言えずにいた俺に、瀬谷はまた目を細めて微笑むと、指先で俺の涙を掬《すく》い取り、囁くようにこう告げた。

「好きです」

「……っ」

好き——瀬谷は俺を好きだと言った。

俺の望んでいたとおりの、俺が聞きたくてたまらなかった言葉を瀬谷が俺に告げたとき新たな涙が込み上げてきて、俺から言葉を奪った。

「好きです」

ぼろぼろと流れ落ちる涙をまた、瀬谷の繊細な指が掬ってくれる。うん、と頷いた途端またぼろぼろと流れ落ちる涙に、瀬谷は静かに唇を寄せてきた。

「好きです」

何度も何度も——数え切れないくらいに瀬谷は『好きだ』と俺に繰り返してくれた。その言葉を聞くたびに俺の胸は熱く震え、涙腺《るいせん》が壊れてしまったんじゃないかと思うほどに次々と涙が流れ落ちたが、そのときの俺はこれ以上はないというくらいの幸せな気持ちに包まれていた。

「好きです」

そっと唇を寄せてきた彼に、俺も唇を寄せる。重ねた唇の熱さがまた俺の涙を誘い、覆い被さってくる彼の背にしがみつき唇を合わせながら、俺は幸せな涙を流し続けた。

6

結局その日から二日、俺は会社を休んでしまった。一日目、瀬谷は一緒に会社を休んでつき添ってくれ、二日目は夜、見舞いに来て粥《かゆ》を作ってくれたり身体を拭いてくれたりと何かと世話を焼いてくれた。

瀬谷の留守中、前日俺を診てくれたという医者が診察にやってきた。医者に往診してもらうなど初めてのことだったので俺は酷く恐縮してしまったのだが、木村《きむら》と名乗ったその医者は——三十くらいの細面の、なかなかハンサムな医者だった——自分は瀬谷の家の主治医だと言って俺を驚かせた。

「なので気にしないでください」

笑顔を向けられ、頷いたものの『主治医』がいる瀬谷の家とはどんな家なんだろうと首を傾げたのだったが、その答えを俺は翌日会社で知ることになった。

「あ、島田。大丈夫か？」

二日も休んでしまったために少し早目に出社すると、すでに来ていた三雲先輩が俺に笑いかけてきた。

「はい、ご迷惑をおかけしてすみません」

「いや、全然迷惑なんかかかってないんだけどさ、それよりお前、聞いたか？」

「え？」

「休んでたんだから聞くわけないか」

三雲先輩は一人ボケツッコミをするくらいに興奮している。一体何事だと首を傾げた俺に、先輩が教えてくれた内容はそれこそ俺を興奮させるものだった。

「瀬谷なんだけどさ、なんとあいつ、建設本部の超重要取引先、大日本建設工業の社長令息だったんだってさ」

「なんですって⁉」

大日本建設工業株式会社といえば、スーパーゼネコンの中ではトップクラスの会社だった。建設業界にオーナー会社は多いというが、この大日本建設もその一つだったと記憶している。その社長の息子《むすこ》ということは、瀬谷が次期社長ということか、と思って三雲先輩に尋ねると、

「そうなんだよ。あいつの名前『英嗣』だろ？　長男なんだってさ。ウチには社会勉強のために入社したらしいんだが、本人と父親のたっての希望で縁故筋は内緒にして、全然建設業界と関係ない部署に配属してもらったっていうんだよ」

情報通の先輩は詳しい話を教えてくれた上に、更に驚くべきことを言い出した。

「なのに昨日、その大日本建設の瀬谷社長がここに来たのよ」

「ここに？」

「そうそう、もうほんと、びっくりしたよなあ」

驚いて声を上げた俺の横から、岩木先輩が口を挟んできた。彼の目も輝いているところをみると、近来稀《まれ》に見る大騒ぎだったらしい。

「いきなりウチの社長と一緒に瀬谷社長がやってきてさ、瀬谷の肩をぽん、と叩いて『元気か？』だぜ。社長も親父さんに気を遣ったのか『どうです、頑張ってますか』なんて話しかけちゃってさ、俺たちはみんな唖然よ」

「へえ……」

社長の顔なんて、年頭挨拶《あいさつ》のときくらいにしか見たことがなかった俺は、そのときの情景を想像し、ただただ感嘆の声を上げてしまった。

「部長も課長も驚いて飛んできたあと社長が直々に俺たちに瀬谷の父親を紹介してくれたんだよ。もうびっくりしたよ」

「そうそう、その上瀬谷社長に『至らない息子ですから皆さん、びしびし扱いてやってください』なんて言われちゃってさあ」

三雲先輩はそう言ったあと、にやり、となんともいえない顔をして笑い、俺の耳元に顔を寄せてきた。

「その直前、いつものように香川は瀬谷を叱り飛ばしてたもんだから青くなっちゃってさ、面白かったんだぜえ」

「青く？」

なぜだろう、と首を傾げた俺の背を三雲先輩が、

「わかってないねえ」

とどついてきた。

「瀬谷が親父に自分の悪口を密告《ちく》ったんじゃないかって、あいつ心配したんだよ。だからわざわざ親父が様子を見に来たんじゃないかってさ」

「ああ……」

そういうことか、と納得した俺の横から、岩木先輩が、

「もともと香川を瀬谷の指導員にしたのはさ、本部は違えど当社の最重要取引先の未来のトップと関係を作ってやろうっていう本部長の香川への親心だったんだよな。それくらい本部長は香川を買ってたからさ」

とわけ知り顔で頷いてみせる。

「香川も馬鹿だよなあ。いくら知らされてなかったとはいえ、あいつの瀬谷への態度は苛め以外の何ものでもなかったしなあ」

「そうそう、なんといってもあいつも三年目だしな。自分の仕事で手一杯なところにもってきての新人指導に苛ついてたのかもしれないが、それにしても邪険にしすぎたよなあ。いつも怒鳴りつけてたじゃないか」

「まあな、仕事ができるゆえに最近天狗《てんぐ》になってたし、いい薬になったんじゃねえの？　昨日からおとなしいよな。瀬谷に対する態度もえらい控え目になっちゃってさ」

三雲先輩も岩木先輩も、実のところ貴樹に――香川に対してあまりいい印象を抱いていなかったらしい。ここぞとばかりに彼への悪口めいたことを言い出す彼らの言葉にさすがに同調はできなかったが、それより何より、俺は何がなんだか、とあまりの驚きに呆然としてしまっていた。

「あ、来た」

岩木先輩が小さく叫んだ声につられてフロアの入口を見やった俺は、更なる驚きに思わずぽかん、と大きく口を開けてしまった。

「おはようございます」

凛《りん》とフロアに響き渡るバリトン――広い肩幅を縮めることなく、堂々とした足取りで俺たちのほうに歩み寄ってきたのは間違いなく、

「瀬谷……」

彼だった。

「おはようございます」

瀬谷がにっこりと俺に微笑みかけてくる。いつも額を覆っていた髪は綺麗に後ろへと撫《な》でつけられ、理知的な額を露わにしたその顔は、瀬谷であって瀬谷でないようで、俺は挨拶を返すことも忘れ、まじまじと彼に見入ってしまった。

「もう具合はいいんですか?」

小首を傾げるようにして尋ねてきた彼の服装も、今までのように『オーソドックス』としかいいようのない流行遅れのものではなかった。どう見ても一着数十万はするだろうと思われるイタリアもの——彼のガタイのよさから多分オーダーメイドだろう——の上質なスーツの下に、薄く色のついたワイシャツを着込み、ネクタイもあのリクルーターのようなものではない、一目ではそれとわからないような高級ブランドのセンスのいいものを締めている。

「あ、ああ……」

俺の知っている瀬谷とはまるで違う、それこそ見惚れるほどの彼の姿を目の前にぼうっとしてしまっていた俺だが、瀬谷が「ん?」というように微笑んできたのに我に返り、慌てて首を縦に振って彼の『大丈夫か』の問いに答えた。

「おはようございます」

周囲の事務職も瀬谷の姿に憧憬《しょうけい》の目を向けている中、遠くの席から部長が立ち上がり、わざわざ、

「瀬谷君、おはよう」

と声をかけてきた。

「おはようございます」

にっこり微笑み会釈を返す彼に、先日までのおどおどとした影はない。一体どうなっているんだ、と未だにぽかんと口を開けたまま瀬谷の様子を窺っていた俺は、

「おはようございます」

という低い声に我に返った。

「おはようございます」

今、出社した声の主に瀬谷がにっこりと微笑みかけている。

「おはよう」

ぶすりとした顔のままそう答えたのは——香川だった。

「昨日、米国のＩ社から連絡がありまして、サインした契約書をＦｅｄＥｘで送ってくれたそうです。早速投資の準備にかかりたいのですが、購入のタイミング、これでよろしいでしょうか」

きびきびとした口調で瀬谷が、鞄を机に置いた香川に彼が作成したと思われるレポートを差し出している。

「……見せてもらおう」

香川は一瞬忌々しそうな視線を瀬谷に向けたが、すぐに差し出されたレポートを手に取るとおざなりではない様子で目を通したあと、

「いいいんじゃないか」

とレポートを瀬谷に返した。

「それでは外為に連絡します」

「……その前に審査に話を通しておけ」

「わかりました」

香川の適切な指示に瀬谷は大きく頷き、

「ありがとうございました」

と頭を下げた。礼儀正しいところは今までとまるで変わりはないが、自信に溢れる堂々とした態度には香川のほうが圧倒されているようにも見える。俺はますますぽかん、と口を開け、そんな彼らの様子を見やってしまっていたのだが、俺の視線に気づいた香川がじろりと睨んできたのに慌てて彼から目を逸らせた。彼に犯されるようにして抱かれたことを思い出してしまったからだ。

「島田さん、ちょっとお話が」

俯いた俺に、前の席から瀬谷が声をかけてくる。

「なに?」

「ちょっといいですか？」

　立ち上がり微笑みかけてきた瀬谷に、周囲の視線が集まるのがわかる。その理由は彼の見栄えのする長身を誇る外見のためだけではなく、『大日本建設工業の次期社長』というバックグラウンドを皆が知ったからに違いなかった。

「ああ」

　頷いて立ち上がった俺にも周囲の視線が集まる。瀬谷は苦笑するように笑うと、

「社食でコーヒーでも飲みましょう」

　と俺の背を促し、俺たちは肩を並べてフロアを出た。

「はい」

　自動販売機で先にコーヒーを買った瀬谷が俺に手渡してくれながら、

「あ、コーヒー、もう飲めますか？」

　と心配そうに眉を寄せ、俺の顔を覗き込んだ。

「ああ、飲めるけど……」

　頷いた俺に、瀬谷はほっとしたように眉間の皺を解いた。その顔は今まで俺が見続けてきた、どこか情けない、おどおどとした表情に近いのだけれど、それにしても一体どうしたことだと俺は、

「あのさあ」

と瀬谷に話しかけようとし――。

「なんですか?」

にっこりと微笑む、彼のあまりに魅力的な笑顔の前に、一瞬言葉を探し黙り込んでしまった。

「……なんか、人が変わったみたいだ」

「僕は変わっていないんですけど、周囲の態度は変わりましたねえ」

瀬谷は苦笑するとまた自動販売機に向かい、自分の分のコーヒーを買う。

「……大日本建設工業の社長の息子なんだって?」

「ええ」

照れくさそうに頭を掻きながらも頷く彼の姿を前に、なるほど、と俺は今更のように彼の立派な住居のことや、木村先生という『主治医』がいることに納得してしまっていた。あんな大会社の社長の息子なら成城という高級住宅地の高級マンションに住んでいるのも不思議じゃないし、ホームドクターがいるのも当然なんだろう。それにしてもそんな素振りを今まで全然見せなかったのに、なぜ彼は今になって自分の素性を明らかにしたんだろうと首を傾げた俺を、コーヒーを手にした瀬谷が振り返った。

「座りましょう」

口調は丁寧だけれど、その言葉には従わざるを得ないような迫力がある。

「ああ」

しかし人は変われば変わるものだ、と溜め息をつきつつ俺は彼のあとに続き、営業前で灯りのついていない社食の片隅に腰を下ろした。

「……驚いてるみたいですね」

向かい合わせに座ると瀬谷はまた苦笑するように笑ってみせた。

「そりゃ驚いたよ。全然知らなかった」

「隠してましたからね」

瀬谷はそう笑い、手の中のコーヒーを啜《すす》った。

「隠してた？」

「……この会社には父の縁故で入ったから、偉そうなことは言えないんですが」

瀬谷はまたひと口、コーヒーを啜ると、ぽつぽつと、言葉を選ぶようにして話を始めた。

「社会勉強というからには甘やかされたくはなかった。だから配属も父の会社とはまったく違う部署にしてもらうようお願いしたし、周囲にも僕の素性を知られないよう気をつけていました。取引先の社長の息子ということで気を遣われたくなかったんです。父の影を気にして、皆がしたい注意もできなくなるようじゃ、社会勉強にならないじゃないか、と思ってそうお願いしてたんですが……」

瀬谷らしい――俺の知る瀬谷らしい言葉だった。『石にかじりついてでも営業で頑張る』

と言ったときの彼の強い意志と同じ思いを感じ、俺は大きく頷いてしまったのだったが、それならなぜ今になって素性を明かそうと思ったのだ、と尋ねると、途端に瀬谷は少し困ったような、俺のよく知る笑顔になり、

「ストッパーになろうと思ったんです」

と、わけのわからないことを言い出した。

「ストッパー？」

何を止めるんだ、と首を傾げた俺に、瀬谷は、ええ、と頷くと、

「香川さんがこれ以上、あなたを傷つけないようにするにはどうすればいいか——それを考えたとき、一番有効なのは自分の素性を明らかにすることじゃないかと思いついたんです」

と、あまりに意外なことを言い出したものだから、俺は仰天して思わず叫んでしまっていた。

「なんだって？」

素っ頓狂な俺の大声が無人の社員食堂に響き渡る。

「一応香川さんは僕に、これ以上あなたに関《かか》わらないと約束してはくれましたが、いつその約束を破るかわからない。彼にその約束を守らせるには、彼が一番重きを置いているところを責めればいいんじゃないかと考えたんです。香川さんにとって、社内での地位やら評判やらが一番プライオリティが高いんじゃないかと——それなら、重要取引先の社長の息子であ

ることを示してやろうと思ったんですよ。計算高い彼のことですから、自分で言うのも口幅ったいですが、ＶＩＰの息子の言うことには逆らえまいと思ってね」

「そ、そんな理由で?」

俺が思わず非難めいた声を上げてしまったのも無理のない話だと思う。俺のため——?

香川が俺に手を出せないようにするため、それだけのために今までずっと隠してきた自らの素性を明かしたというのかと眉を顰めた俺に、瀬谷はこれ以上はないというくらいの大真面目な顔で口を開いた。

「僕にとっては『そんな』じゃない。大切な理由だったんです」

「だって……だってお前、社会勉強したいって……社長の息子だから特別扱いされたくなかったって、さっき言ってたじゃないか。それなのに……」

俺の脳裏に先ほど瀬谷を取り巻いた周囲の人々の反応が蘇っていた。部長までもが身を乗り出して挨拶をしてきたり、あれだけ傍若無人だった香川が丁寧とも思えるような対応をしてきたり——皆が興味深い視線を一斉に瀬谷に向けていた。最重要取引先の社長の息子とわかっては、彼が案じたとおりこれからの彼に対する態度は社内でもＶＩＰ待遇になっていくだろう。香川のような理不尽な注意だけじゃない、ちょっとした注意だってすることを皆は躊躇うようになるかもしれない、そんな環境は俺の知る瀬谷の望むものじゃなかったはずだ。

「いいんですよ。社会勉強より、あなたを守ることのほうが大切だったんですから」

「大切じゃないよ、そんな……」

何を言ってるんだ、と思わず声を上げた僕の手を、瀬谷が握り締めてきた。

「大切です。僕にとってはあなたが、プライオリティの一番なんです」

「馬鹿か……」

瀬谷の手の温もりに、俺の胸に熱いものが込み上げてくる。本当になんて馬鹿な奴なんだと思う。俺なんかのために香川に土下座しただけじゃなく、自分のポリシーまで曲げただなんて――。

「馬鹿じゃないですよ」

「馬鹿だよ……どうしようもない馬鹿だ」

込み上げてきてしまった涙を拭おうと握られた手を引こうとすると、瀬谷はますます強い力で俺の手を握り締めてきた。

「だって島田さん、教えてくれたじゃないですか」

「……え?」

ぽろり、と俺の目から涙が零れ落ちたのに、瀬谷はようやく俺の手を離した両手で俺の頬を包んだ。

「使えるものはなんでも使わなきゃって……僕が契約書の作成で困ってるとき、使うべき部署は使えって。それが総合商社なんだからって、教えてくれたじゃないですか」

「ああ……」

テーブル越しに伸ばされた彼の手が頬を伝う涙を拭ってくれる。思わずその手を上から押さえた俺の前で瀬谷は立ち上がると、長身を折るようにして俺の上に屈み込み、額を合わせてきた。

「使えるものを使っただけです。何より有効な使い方でね」

「……馬鹿」

また俺の目には涙が盛り上がってきてしまう。

嬉しい――瀬谷に申し訳ないという思いは勿論溢れているのだけれど、どうしようもなく嬉しく感じる身勝手な自分を許してもいいのだろうかと彼を見上げると、

「馬鹿じゃないですって」

瀬谷はにっこり微笑み、周囲を見回したあと俺の額に唇を押し当ててきた。

「……っ」

驚いて目を見開いた俺の前で、瀬谷がなんともいえない照れた顔になり、また額を寄せてくる。

「……今夜、部屋に行ってもいいですか？」

「え……」

目の前の瀬谷の黒い瞳が、また微笑みに細められる。じっと額を合わせたまま、俺の返事

を待っている彼に、俺はかあっと血が上ってきてしまった顔を小さく縦に振っていた。

その日も十時くらいまで残業したあと、瀬谷と俺は肩を並べて会社を出、俺の部屋へと向かった。

「病み上がりなのに大丈夫ですか？」

二日も休んでしまったおかげで随分仕事が溜まっていた。朝、社食から戻ったあとは誰とも口も利かず、息抜きもせずに俺は懸案事項を片づけていったのだが、その鬼気迫る様子を彼は心配してくれたらしい。

「大丈夫だよ」

俺が必死になって仕事を片づけたその理由が、今夜、瀬谷が家に来たいと言ってくれたからとはとても言えず、ぶっきらぼうにそう答えると、東高円寺の駅で彼と共に降り、階段を上った。

「買っていきましょう」

たこ焼きの屋台を指差し、瀬谷が笑いかけてくる。

「そうだな」

「僕が買いますよ」

「いいよ、こないだ買ってくれたし」

「だって食べられなかったでしょ」

ね、と瀬谷が俺の前に立ち、屋台へと向かってゆく。おどおどとしながらも押しの強さを感じさせた彼の態度から、『おどおど』がなくなり、更に押しが強くなったように思えるのだけど、不思議と嫌な感じはしなかった。その態度の一つ一つに、人への——俺への思いやりが溢れていることが言われなくてもわかるからかもしれない。

香川は違ったな——押しの強さでは彼も瀬谷に引けを取らないだろうが、そこには思いやりの心はなかった気がする、などと俺がぼんやりそんなことを考えているうちに、

「はい」

たこ焼きを買った瀬谷がにこにこ笑いながら戻ってきて、俺に包みを差し出した。

「食いながら帰ろうか」

「そうですね」

中からパックを取り出し、それぞれに手に持ち食べ始める。

「本当に旨いですね」

「だろ?」

大会社の社長の息子であれば、俺なんかとは比べ物にならないくらい舌が肥えているんじ

ゃないかと思う。にもかかわらず、俺の前で本当に旨そうにたこ焼きを頬張ってみせる瀬谷の顔を見るにつけ、言葉にできないくらいの嬉しさが俺の胸に込み上げてくる。

「あのさ」

その嬉しさを少しでも伝えようと俺は口を開きかけたのだったが、

「はい？」

瀬谷が長身を屈めるようにして俺の顔を覗き込んできたときには、なんだか照れくさくなってしまった。

「いや……旨いだろ？」

「ええ、美味しいです」

にっこりと瀬谷が俺に微笑みかけてくる。

「島田さんが食べさせたいと言ってくれたとき、本当に嬉しかったんですよ」

そんなことを言われてしまっては、ますます俺は照れくさくなってしまい、

「旨いもんは人に食わせたくなるだろ」

とぶっきらぼうに言い捨て、たこ焼きを一つ頬張った。

「あち」

「島田さんのそういうところに、僕は惹かれたんだと思います」

あまりの熱さに顔を顰めた俺の前で、瀬谷がしみじみとそんなことを言い出した。

「そういうとこ?」

慌て者なところか、とふうふうとたこ焼きに息を吹きかけながら首を傾げると、

「人に優しいところ」

「……馬鹿」

真面目な顔で真面目な言葉を告げられ、照れたあまりに俯いてしまった俺に瀬谷が身体を寄せてくる。

「好きです」

「………」

うん、と頷いた俺の背に瀬谷が腕を回してきた。すでにたこ焼きは食べ終わってしまったらしい。

「行きましょう」

「うん」

耳朶《じだ》にかかる息が熱い。これから俺の部屋で二人が何をするのか——口に出さなくても互いの気持ちは一つだと彼を見上げると、瀬谷も俺を見返し少し照れたように笑ってみせた。

「あのね……最初に言っておいたほうがいいかもしれないんですけど」

「……え?」

ぼそりと瀬谷が照れた顔のまま、俺の耳元で囁いてくる。

「僕……男は島田さんが初めてなんです」

「…………」

なんと答えればいいんだ、と俺は言葉に詰まって瀬谷の顔を見上げた。瀬谷も少し困ったような顔のまま、俺をじっと見下ろしてくる。

「だから多分……下手です」

「馬鹿」

そんなことを言いたかったのか、と俺は思わず吹き出してしまった。下手も上手いもないだろうと言ってやろうとしたが笑ってしまって言葉にできない。

「でも、頑張りますから」

頬を赤く染めながらも大真面目な顔でそんなことを言ってくる瀬谷に、ますます俺の笑いは止まらなくなり、腹を抱えてしまいながらも俺の胸にはこれ以上はないというくらいの幸せな気持ちが溢れていった。

だらだらと歩いていたのでいつもより時間はかかったが、ようやく俺たちはアパートへと辿り着き、ポケットから取り出した鍵でドアを開いた。

「どうぞ」

「お邪魔します」

瀬谷が眩《まぶ》しそうな顔をして俺を眺めたあと、靴を脱いで部屋へと上がった。

「ビールでも飲む？」

「いえ」

空になったたこ焼きのパックをキッチンのゴミ箱に捨て、振り返ろうとした俺は、すぐ後ろまで歩み寄ってきていた瀬谷に抱き締められていた。

「……瀬谷」

「……もう……我慢できないかもしれません」

切羽詰ったような彼の声が俺の耳朶を擽《くすぐ》り、ぞくりと悪寒に似た感覚が背筋を一気に這い上った。

「あの……」

押し当てられた彼の下肢が酷く熱い。明らかに硬く形を成しているその感触が、俺にごくりと生唾《なまつば》を飲み込ませた。

「好きです」

少し身体を離し、瀬谷が俺を見下ろしてくる。

「……俺も」

潤んだ彼の黒い瞳が天井の灯りを受け、きらきらと輝いて見えていた。

「初めて……言ってくれた」

輝く瀬谷の瞳が、微笑みに細められる。

「え？」

煌く星がすうっと瞳の奥へと吸い込まれていくのに見惚れてしまいながら、問い返した俺に、

「初めて島田さんも『好き』と言ってくれましたね」

瀬谷はにっこりと、本当に嬉しそうに微笑んだあと、いきなりその場で俺の身体を抱き上げた。

「わ」

思わず彼の首にしがみついてしまった俺を抱いたまま、瀬谷は大股でキッチンを突っ切り、窓辺のベッドへと歩み寄る。

「……」

そっと、まるで壊れ物でも扱うようにそっと俺の身体をベッドに横たえると、瀬谷がゆっくりと俺に覆い被さってきた。

「好きです」

俺の髪を梳き上げてくれながらそっと唇を寄せてくる。

「好きだ」

そんな彼の首に俺は両腕を回して引き寄せると、俺の言葉に嬉しそうに微笑んできた瀬谷の唇を自分から塞いだ。

「……っ」

瀬谷はすぐに俺のキスに応《こた》えてきた。互いの舌を絡め合い、強く吸い合う激しいキスが急速に俺を昂めてゆく。彼の手が俺の髪から頬へと下り、やがて首筋から胸へと下りてきたとき、俺は唇を外し、じっと彼を見上げた。

「島田さん」

「服、脱ごうか」

自分の声が欲情に掠れているのが恥ずかしい。俺の言葉に瀬谷は小さく頷くと、身体を起こし、立ったまま服を脱ぎ始めた。俺もベッドの上で起き上がり、自分で服を脱いでいく。あっという間に服を脱ぎ終えた瀬谷が、俺の前に立ち、じっと俺を見下ろしてきた。初めて身体を合わせた日、俺に感嘆の息を漏らさせた見事な裸体が目の前にある。厚い胸。引き締まった腹筋。綺麗に筋肉のついた太腿。そして——腹につくほどに勃ちきった彼の雄に思わず目が吸い寄せられていた俺は、つい脱衣の手を止めてしまっていたのだが、そんな俺から瀬谷はシャツを、そしてトランクスをそっと剝ぎ取り、全裸の俺を仰向けに寝かせた。

「……本当に島田さん……綺麗です」

「馬鹿」

綺麗なものか、と顔を背けた俺は、部屋の灯りが煌々《こうこう》とついていることに今更のように気づいた。完璧なまでの瀬谷の裸体を鑑賞するにはそれもいいのだろうが、自分の裸体を彼の

目に晒すのはやはり照れくさく、

「灯りを消してくれないか」

と俺は瀬谷を見上げたのだったが、瀬谷は無言で首を横に振り、俺を戸惑わせた。

「瀬谷？」

「あなたを見ていたいから」

「馬鹿」

消せよ、と起き上がろうとした俺の首筋に、瀬谷が顔を埋めてきた。彼の唇がゆっくりと首筋を伝い、胸の突起へと辿り着く。

「……やっ」

そのまま乳首を舐られ、微《かす》かに声を漏らしてしまうと、瀬谷はわかった、というように頷きもう片方の乳首を掌で擦り上げてきた。俺が胸も感じるのだと察してくれたからしい。

「やっ……んっ……」

音を立てて胸をしゃぶられ、時折軽く歯を立てられる。もともと俺は胸を弄《いじ》られるのに弱いのだが、目を落として己の胸を真面目な顔で舐っている瀬谷の姿を見るだけで、昂まってしまう自分が信じられない。無意識のうちに腰をすり寄せていた俺の動きに気づいた瀬谷が、俺自身へと手を伸ばしてくる。そっとそれを握ったときの瀬谷のなんともいえない照れた、それでいて嬉しそうな顔が俺の昂まりを助長し、気づけば俺は胸にある彼の頭を抱き締めてしまっていた。

「あっ……やっ……あっ……」

それを瀬谷は、自分への要請だとでも思ったらしい。舌先で、唇で俺の胸を愛撫《あいぶ》しながら、ゆるゆると俺の雄を扱き上げてきた。まだ始まったばかりだというのに俺の雄はすでに勃ちきり、先走りの液を零し始める。彼の手が動くたびにくちゅくちゅという濡れた音が室内に響き渡ることからそれがわかり、その音がまた俺を昂めていった。

「あっ……はぁっ……あっ……あっ……」

自分でもどうしたのだろうというくらいに急速に上り詰めてしまっていた俺は、このままでは達してしまうと彼を抱き締めていた手を解き、俺を握る彼の手を押さえた。

「……え」

瀬谷が俺の胸から顔を上げ、どうしたのだというようにじっと俺を見上げてくる。

「……」

手でイくのは嫌だ——とはさすがに言えなかった。彼を見下ろした視界に、自分の紅く色づく胸の突起が入る。瀬谷が弄ってくれたからだと思うだけでまた俺の雄はびくん、と彼の手の中で震え、俺は身体を捩ってその震えを抑え込もうとした。

「……どうしたらいいの？」

身体をずり上げ、瀬谷がそんな俺の顔を覗き込んでくる。

「どう……」

「……教えて」

ね、と少し困ったように微笑んできた彼の顔を見た瞬間、俺の理性の糸がぷつりと切れた。

「………」

彼の身体の下、無言で大きく脚を開いた俺を見て、瀬谷が、ああ、と頷く。

「挿《い》れていい？」

そのまま俺の脚を抱え上げ、勃ちきっていた雄を擦りつけてきた彼の動きに、俺は思わず、

「すぐには入らないんだ」

と身体を引いてしまっていた。

「あ……」

ごめん、と瀬谷は腰を引き、俺の脚を抱えたままどうしたらいいのかというように俺の顔を見下ろしてくる。

「解してからじゃないと……」

自分がそんな言葉を口にするなんて信じられなかった。恥じらいはどうした、と突っ込む余裕はなかったが、羞恥《しゅうち》のあまり頭にかっと血が上る。

「……解す……」

「ゆ、指とか……」

　こんなことまで言ったんだ、あとは何を言っても一緒だ、と思ったわけじゃないが、困ったような瀬谷の顔を見ていられなくなり、俺はそう言うと自分の指を舐めて濡らし、そこへと挿入させようとした。

「ごめん」

　ようやく理解したらしい瀬谷が、俺の手を押さえると、自身の指を俺と同じように口に含んで濡らし、そっとそこへと挿し入れてきた。

「……っ」

　ぐい、と挿し入れられた指を待ち侘《わ》びていたように俺の後ろがひく、と蠢く。中を確かめるようにぐるりと指を回されたとき、俺の唇からは抑えられない声が漏れてしまっていた。

「あっ……」

「熱い……」

　瀬谷が少し驚いたような顔で俺を見下ろしたあと、ぐいぐいと指を挿し入れると、まさに『解そう』とするかのようにその指で中をかき回す。

「あっ……やっ……あっ……はぁっ……」

　激しい指の動きに、いよいよ耐えられなくなり、俺は高く声を上げながら彼の背に両手両脚でしがみついた。びくんびくんと俺の雄が脈打ち、先走りの液を腹に擦りつけてゆく。

「もういいかな」

囁いてくる瀬谷に俺は首を縦に何度も振り、早く来てくれとぎゅっと彼の背を抱き締めた。

瀬谷の指が抜かれ、ひくひくと蠢くそこに彼の猛《たけ》る雄が押し当てられる。

「あっ……」

ずぶ、と先端が挿《はい》った瞬間、俺は自ら彼の腰に回した両脚で彼を引き寄せてしまっていた。

「うっ」

瀬谷が俺の上で、耐え切れないような低い声を漏らすのがまた、俺の劣情をこれ以上はないというくらいに昂めてゆく。

「んっ……んんっ……」

ずぶずぶと彼の雄が俺の中に挿ってくる。同性としてやっかみを感じるほどに大きなそれの、かさの張った部分が俺の内壁を擦るたびに、俺は堪え切れぬ声を上げ、享受する快楽の大きさに瀬谷の身体の下で身悶《みもだ》えた。

「あっ……」

すべてを収めきった彼が、はあ、と俺の上で息を吐き、じっと俺を見下ろしてくる。

「……動いて……」

潤む瞳の輝きを前に、俺の理性は完全に吹っ飛んでいた。ねだるように腰を揺すった俺に、瀬谷はわかった、と頷くと、俺の脚を抱え直し、ゆっくりと腰を前後させ始めた。

「あっ……はぁっ……あっ……あっ……」

腰の動きが次第に速く、激しくなってゆく。パンパンと二人の下肢がぶつかる音と、接合部から聞こえるぐちゅぐちゅという濡れた音に被さるように、俺の高い嬌声《きょうせい》と、瀬谷の抑えたような息遣いが室内にこれでもかというくらいに響き渡った。

「やっ……あっ……あっ……あっ」

内臓を圧迫するほどに激しい突き上げに、俺の意識は飛びそうになる。こんな大きな快感にさらわれそうになったことは今までなかったなどと、冷めたことを考えている自分に呆れる間もなく快楽の淵へと呑み込まれ、俺は髪を振り乱し、高く声を上げ続けた。

「やぁっ……んんっ……あっ……あっ」

薄く目を開くと、逞しい瀬谷の胸がうっすらと汗で覆われ部屋の灯りを受けて輝いて見える。彫像のような見事な身体が激しく前後しているのと、ずんずんと俺の体内を抉ってくるその力強い動きに、俺はますます高く声を上げ、逞しい背に縋りついた。

「ああっ……あっ……あっ……」

おかしくなる——腹は俺の先端から零れた先走りの液と汗でべたべただった。彼の背から解いた手で、濡れた腹を擦ったあと、自身を握り締めた俺に気づいた瀬谷の腰の動きが止まる。

「やぁ……ん」

腰をくねらせたのはやめるな、という無意識の俺の意思表示だった。

「ごめん」

掠れた声で詫びた瀬谷はまた腰を激しく前後させながら、俺の手の上から俺自身を握った。

「あっ……あっ……あっあっあっ」

俺の手を外させた瀬谷の手が力強く俺を扱き上げる。その瞬間俺は達し、白濁した液を二人合わせた腹の間に飛ばしていた。

「うっ」

ひくひくと俺の後ろが壊れてしまったかのように激しく蠢き、雄を締めつけるのに我慢できず、瀬谷も達したらしいことは、ずしりと彼の精液の重さをそこに感じたことでわかった。

「…………」

はあはあと収まらない息の下、胸を上下させながら俺は瀬谷の顔をじっと見上げる。

「……下手でごめん」

やはり、はあはあと息を乱した瀬谷が、ぼそりとそう呟いてきたのに笑いが込み上げてきたが、息が乱れて笑うどころではなかった。

「すぐに上手くなるから」

大真面目な顔でそんなことを囁いてくる瀬谷に、また笑いが込み上げる。

「……下手じゃないから」

ようやく収まってきた息でそれだけ言うと、俺は背中に回したままになっていた脚でぎゅっと彼の身体を引き寄せた。

「……ビシビシ言ってもらわないと……」

優しすぎます、島田さん、と瀬谷が口を尖《とが》らせる。

「……じゃ、もう一回」

半分ふざけて、半分本気で言った俺の言葉に、真面目な顔で頷いた瀬谷が可笑しくもまた愛しくて、俺は両手を彼の首に回すと、俺の背を抱き締め返してきた彼の頬に唇を押し当て、

「好きだ」

と囁きかけたのだった。


次の日から瀬谷は、毎晩俺を部屋まで送ってくれるようになった。部屋に上がり込んでセックスする日もあれば、そのまま帰る日もある。

「なんで毎日送ってくれるんだ？」

泊まるならわかるけれどと——というのは、ヤることだけを考えてるのかと突っ込まれるかなと思ったが、瀬谷がそんな意地悪を言うわけがなかった——尋ねると、瀬谷は大真面目な顔で、

「恋人を夜、家まで送るのは男として当然です」

と答え、俺を唖然とさせた。

「いや、俺も男だし」

「男でも島田さん、綺麗ですからね。間違いがあっちゃいけないし」

「だから綺麗じゃないし」

『間違い』なんてないから、と笑い飛ばそうとした俺に、瀬谷が唇を寄せてくる。

「何より……少しでも一緒にいたいんです」

「……馬鹿」

ぼけたことを言ったかと思うと、次の瞬間には俺の心をこんなにもときめかせる言葉を告げてくる。少しも先の読めないこの年下の恋人と過ごす幸せな時間に酔いしれる日々を、今、俺は送っているのだった。

レッスン1

「お邪魔します」

「散らかってますが」

今夜、いつものように九時過ぎまで残業したあと、三雲《みくも》先輩に誘われて、俺と瀬谷《せや》は会社の近くの焼肉店で飲んだ。

瀬谷の素性が明らかになった直後は皆、彼に——というよりは、当社の最重要取引先、大日本建設工業の社長だという彼の父親に気を遣い、瀬谷を遠巻きにしていたところがあったのだが、瀬谷の真面目《まじめ》でやる気溢《あふ》れる態度がそんな皆の偏見を吹き飛ばしたのか、また以前のように三雲先輩をはじめ、皆が後輩として彼に声をかけるようになってきた。そのこと自体は瀬谷にとってはありがたいことなんだろうが、今夜の三雲先輩との飲みは、瀬谷にも、そして俺にもあまり『ありがたい』とは言えないものだった。

今夜の三雲先輩は仕事上で相当キレることがあったらしく、やってられねえ、とさんざん絡みまくった挙げ句、帰りたがる俺たちをこんな時間まで連れ回してくれたのだった。最初から最後まで愚痴られた上に、泥酔した先輩に支払ってもらえず、カラオケボックスで多額の金を払ったあと、先輩をタクシーに押し込み、ようやく帰すことができたのが深夜二時。

「まったくもう」

疲れたな、と瀬谷と二人して顔を見合わせたあと、瀬谷がいつものように俺を家まで送ると言い出したのに、俺が「とんでもない」と固辞したのが、今夜ここに来るきっかけだった。

「そんなことしたら、お前の帰りは三時過ぎるぜ？」

「別に構いません」

「俺が構うんだよ」

どんなに俺が、送る必要はないと言っても瀬谷は一歩も引かなかった。見た感じ少しも顔色は変わっちゃいなかったが、いつにも増して頑固だったところをみると、相当酔っ払っていたのかもしれない。

無理やり一台のタクシーに乗り込んできた彼が、俺の住所を告げかけたとき、思わず俺は、

「それなら今夜はお前の家に泊まる」

と言ってしまったのだった。

「え？」

鳩《はと》が豆鉄砲を食ったような顔になった瀬谷が、俺の顔を見返してくる。

「ここからなら成城《せいじょう》のほうが近いだろ。今夜はお前の家に俺が泊まる。それでいいだろ？」

そんなことを言い出してしまった俺も相当酔っていたようだった。かつて一度だけ訪れたことのある彼の瀟洒《しょうしゃ》なマンションに行ってみたい、という気持ちが急速に俺の中で高まっていたのだ。

「僕の家ですか……」

「いいだろ?」

瀬谷が納得したようなしないような顔で頷《うなず》いたのを了解とみなし、タクシーの運転手に成城の住所を告げ、俺はこうして初めて瀬谷の部屋を訪れることになったのだった。

「全然散らかってないじゃん」

立派すぎる玄関を入った俺は、まずその部屋の広さに驚いた。２ＬＤＫ――いや、３ＬＤＫだろうか。二十畳はあると思われるリビングダイニングは『散らかってる』どころかまるでモデルルームのパンフレットばりに片づいていて、テーブルの上には花まであった。

「凄《すご》いなあ」

三階建てのこのマンションは、いわゆる高級といわれる家族向けのマンションで、総戸数も十五戸と少なく、それゆえ一戸あたりの平米数は百を超えるらしい――というようなことはあとから瀬谷に聞いたのだが、俺はきょろきょろとそれこそ物めずらしげにリビングを見回し、瀬谷に他《ほか》の部屋も見せてほしいとせがんだ。

「ここが書斎です」

「書斎!」

六畳ほどの部屋一面に本棚が並び、メタリックの洒落《しやれ》た机の上にはパソコンが二台も置かれている。

「そしてここが寝室」

玄関に近い扉を彼が開いた途端、俺は、

「へえ」

と驚きの声を上げてしまった。

広々とした部屋の中心に、キングサイズのベッドが置かれているだけの部屋だった。よく見ると、壁と思われる部分が作りつけのクローゼットになっているらしい。ベッドサイドにこれまた洒落た背の高いスタンドがある以外に何もない部屋に俺は足を踏み入れると、

「ふーん」

と複雑な気持ちのまま、大きすぎるベッドを見下ろした。

「幸也《ゆきや》さん?」

最近では二人になると、瀬谷は俺の名前のほうを呼ぶ。自分も『英嗣《えいじ》』と呼んでほしいと一度だけ言ったことがあるが、照れくさくて呼べないと言ってやると、そのままその要望を引っ込めてしまった。

「広い」

なんでベッドがこんなに広いんだ、と俺はじろりと瀬谷を睨《にら》んだ。

「なんでって……ガタイがいいから、このくらい大きいほうがいいかと思って」

「ふうん」

それにしちゃ大きすぎるじゃないか、と言いたげにまたベッドを見下ろした俺の心を読んだのか、瀬谷は「ああ」と顔を綻《ほころ》ばせた。

「誤解ですよ」

「何がだよ」

瀬谷の腕が俺の背中に伸びてくる。抱き寄せられるままに胸に顔を埋《うず》めた俺の耳元で、瀬谷がくすりと笑って囁《ささや》いてきた。

「幸也さん、妬《や》いてくれたの？」

「違うよ」

違いはしなかった。こんな広いベッドに瀬谷は誰《だれ》と寝たのかと、この部屋に入った途端、俺はそれを疑ったのだった。

「このマンションには社会人になってから入居しましたからね、家具もみんなそのとき買ったんです」

「それが？」

嬉《うれ》しそうな声で瀬谷が俺の顔を覗《のぞ》き込む。それがどうした、と首を傾《かし》げた俺に、

「だから、このベッドにはまだ僕以外、誰も寝たことがないんですよ」

そう言ったかと思うと、そのまま俺をそのベッドへと押し倒した。

「わ」

「幸也さんが最初です」

ね、と笑った瀬谷が唇を落としてくる。

「そして最後です」

「馬鹿」

その背に両腕を回して抱き締め、俺は彼の唇を受け止めた。


「あ……っ」

手早く服を脱ぎ合い、全裸になって俺たちはキングサイズのベッドの上で抱き合った。

「真っ赤ですね」

くすりと笑った瀬谷が俺の首筋に唇を落としながら、両手を早速俺の両脚へと伸ばしてくる。

「やっ……」

大きく脚を開かされたそこに、勃《た》ちかけた彼の雄が擦《こす》りつけられ、すぐに引いていこうとするのを、両脚を彼の腰に回してまた引き寄せようとした。

「……待ちきれないの？」

最近の瀬谷は、ベッドでの囁きもすっかり板についてきた――というのも変な話だが、確実に俺を昂《たか》めるようなことを言ってくる。

「やっ……」

確かに待ちきれなくもあった俺がぎゅっと彼の腰に回した両脚に力を込めると、瀬谷はわかった、というように頷き、背中に手を回して俺の脚を外した。

「ちょっと……」

そのまま俺の身体をうつ伏せにし、高く腰を上げさせる。何、と肩越しに振り返った俺は、彼が俺の尻《しり》の肉を摑《つか》んで広げたそこに、顔を埋めようとしている姿に驚いた。今までそんな行為を彼にされたことがなかったからだ。

「おい？」

戸惑いから俺は身体《からだ》を捩《よじ》ろうとして――。

「あっ……」

挿し入れられた彼のざらりとした舌の感触に、大きく背を仰《の》け反《ぞ》らせていた。彼の手が更にそこを広げ、瀬谷が唇で、舌で入口を舐《な》め回す。ときどき甘嚙《が》みすらしてみせるその刺激に俺はまたも背を仰け反らせ、堪《こら》えきれずに声を漏らし始めていた。

「やっ……あっ……あっ……」

ぴちゃぴちゃとわざと音を立てて瀬谷がそこを舐《ねぶ》ってくる。硬くした舌先が挿入されると、迎え入れる内壁が更に奥への刺激を求めてひくひくと蠢《うごめ》き、もどかしいようなその感覚に俺は腰をくねらせてしまっていた。その動きに気づいた瀬谷が、くすりと俺の後ろで笑いを漏らす。

「あっ……」

捲《めく》り上げられたそこに彼の息がかかる刺激に身悶《みもだ》え、身体を捩った次の瞬間、ぐい、と瀬谷の指が奥を侵し、俺の背はまたも大きく仰け反った。

「やっ……あっ……あぁっ……」

ぐちゃぐちゃと濡《ぬ》れた音を立てながら、瀬谷の長い指が俺のそこを押し広げるようにしてかき回す。二本の指で押し広げたそこに、彼の舌が侵入し、ざらりとした表面で俺の内壁を舐め上げる。

「あっ……はぁっ……あっ……あっ……」

一体彼はいつの間にこんなことを覚えたのか——身体を重ねるうちに、最初はぎこちなかった彼との行為はどんどんエスカレートし、俺を乱れさせてゆく。真っ白なシーツを握り締め、襲いくる快楽に身悶えながらもどこか冷めてしまうのは、この広いベッドを見た瞬間に芽生えた俺の嫉妬心《しっとしん》が再び疼《うず》き始めたからだった。

「んっ……んんっ……」

彼を信じていないわけじゃない——俺がこのベッドの最初の『来客』だという彼の言葉は

多分嘘《うそ》じゃないだろう。瀬谷は嘘をつくような男じゃない、それはわかっているのだけれど、こんなふうに今までしたことのない行為を受けるたびに、俺の胸にはなんともいえないもやもやとした思いが巣くってしまう。

「ぁっ……」

彼ほどの外見、彼ほどの中身、そして彼ほどのバックグラウンドをもってすれば、今まで数多くの恋を経験してきたとしても不思議のない話だろう。男は俺が初めてだと言っていたけれど、それなら女は――。

「幸也さん」

「あっ……」

不意に俺の後ろから指が、そして舌が抜かれたかと思うと、背中にずしりと瀬谷の体重を感じ、俺はひくつく後ろの動きに思わず声を漏らしてしまいながらも、

「なに……？」

と肩越しに彼を振り返った。

「何考えてるの？」

「え？」

瀬谷の手が俺の胸へと回され、胸の突起を擦り上げてくる。

「あっ……」

「アレは気持ちよくなかった？」

「え？」

また胸の突起を擦り上げられ、びくん、と身体を震わせた俺だが、瀬谷は何を問いかけてきたのだろうと再び彼の顔を見上げた。

「……後ろ、弄《いじ》られるの好きかと思って、試してみたんだけど」

「試す？」

何を、と問いかけた俺の前で、瀬谷がなんともいえない複雑な――たとえて言うなら、子供が悪戯《いたずら》を見つかったときのようなバツの悪そうな顔になり、俺の肩に顔を埋め、囁いてきた。

「どうしたら幸也さんが気持ちいいのか……自分なりに考えてるんだけど、やっぱり難しいな」

「え」

それって、と言いかけた俺の胸をまた、瀬谷の掌《てのひら》が擦り上げた。

「あっ……」

「ねえ、どうされたい？」

瀬谷は顔を伏せたまま、俺の胸を擦り続ける。

「どうって……ぁっ……」

「幸也さんはどんなことをされたい？　胸、弄られたい？　それともここを触るほうがいい？」

言いながら瀬谷が勃ちきった俺を握り込んでくる。

「あっ……」

そのままゆるゆると扱《しご》き上げてくる彼の手の動きに身体を捩った俺の肩から、瀬谷がようやく顔を上げた。

「何をされるのが一番好き？」

「何……っ……あっ……」

瀬谷の唇が肩から背中を滑り下りてゆくのに、また俺はびくりと身体を震わせる。

「……あなたが一番気持ちいいこと、僕に教えて」

「やっ……」

再び背中から上ってきた彼の唇が俺の耳元へと寄せられる。

「幸也さん」

「……瀬谷っ」

愛撫《あいぶ》の合間合間に切々と語られる彼の言葉が、どうしようもないくらいに俺を昂めていた。

俺の一番気持ちいいこと——身体を重ねるたびごとに、彼がいろいろなことを仕掛けてきたのは、全部彼が彼なりに考えた行為だったというのか。男は初めてだという彼にとって、俺との行為は戸惑うことの連続だったのだろう。どうしたら俺が感じ、どうしたら俺がイけるかを、彼は考えてくれていたのかと思うだけで、なんだか堪《たま》らない気持ちになった。

「なに……？」

いきなり名を呼ばれて驚いたのか、瀬谷が俺の顔を覗き込んでくる。

「……お前が……」

「え？」

「お前がしてくれることなら……っ」

「え？」

瀬谷の目が見開かれ、俺を弄る手が止まる。胸に置かれた手に自分の手を重ね、俺はその手をぎゅっと自分の胸へと押し当てた。

「お前が触ってると思うだけで……イきそうになるくらい感じてる」

「幸也さん」

俺の顔を覗き込んでいた瀬谷が更に驚いたように目を見開き——やがてその目が微笑《ほほえ》みに細められた。

「幸也さん……」

「きてくれ……早く……」

今まで口にしたことのない言葉を——直接的な言葉を口にする恥ずかしさより、彼への想《おも》いのほうが勝った。言いながら腰をすり寄せるように揺すった俺の動きに、瀬谷がまた目を細めて微笑みかけてくる。

「幸也さん」

瀬谷の体重が背中から一瞬消え、やがて俺の後ろに彼の雄がぐい、と挿入されてきた。

「あっ……」

待ち侘《わ》びたその質感に、俺のそこは悦《よろこ》びに震え、更に奥へと誘《いざな》おうとする。

「幸也さん……っ」

瀬谷の手が俺の腰に添えられ、ぐい、と己のほうへと引き寄せる。

「あっ……」

不自然なほどに高く腰を上げさせられた格好は少し辛《つら》くはあったけれど、その辛さは全然俺にとって苦ではなく、かえって自身を昂めていた。

「幸也さん……っ」

「あっ……はぁっ……あっ……あっ……」

ゆるゆるとした腰の動きが、次第に速まってゆくにつれ、俺の唇から漏れる声もだんだん高くなってゆく。

「いいっ……いいよ……っ幸也さん……っ」

「あっ……あぁっ……あっ……あっ……」

自分のそこが瀬谷を締めつけるように激しく収縮している。瀬谷の切羽詰った声にまたそこは激しく蠢き、更に彼に抑えた声を上げさせていた。

「あっ……はぁっ……あっあっあっ」

瀬谷が我慢できないとばかりに激しく腰を打ちつけてくる。力強い突き上げに俺の声はますます高くなり、やがて耐え切れずに俺は達し、白濁した液をあたりに撒《ま》き散らしていた。

「うっ……」

がくん、と身体から力が抜ける寸前、瀬谷も俺の後ろで達したらしい。そのまま俺の背に身体を預け、俺たちは二人して息を乱しながら、ずるずるとシーツの上に崩れ落ちていった。

「幸也さん……」

はあはあと整わぬ息の下、瀬谷が俺の耳元で名を囁く。

「……あの……」

ぎゅっと俺の身体を抱き締めてきた彼に、これだけは伝えようと、俺は顔を上げ、肩越しに彼を振り返った。

「なに?」

「凄く……よかったから」

これも今まで一度も口にしたことのない言葉だった。言った傍《そば》から俺の顔にかあっと血が上ってくる。

「幸也さん……」

「いつも……凄くいい、と思ってるから」

伝えたい――俺がどれだけ瀬谷の腕を欲しているか。彼との行為に悦びを感じているか。どれだけ俺が彼を好きか、ベッドの上での行為を一人いろいろと思い悩んでいると知ってどれだけ彼を愛《いと》しいと思ったか。

そしてそれがどれだけ嬉しかったか――俺の胸に溢れる想いのすべてを、俺は瀬谷に伝えたくて仕方がなかった。

「幸也さん……」

瀬谷がまた俺の名を呼び、言葉に乗せ切れなかった俺の想いをまるで感じ取ろうとでもするかのように、背中からぎゅっと俺の身体を抱き締める。

「幸也さん……」

くぐもった声で何度も何度も俺の名を呼ぶ瀬谷の胸には、言葉にできない想いが溢れているに違いない――耳朶《じだ》から胸へと響いてくる彼の声が語れずにいるその想いを俺も感じ取ろうと、俺の身体を抱き締める彼の手に両手を重ね、ぎゅっと握り締めたのだった。

レッスン2

「……どうしてダメなんです？」

会社の飲み会の帰り、明日が休みということもあり、いつものように俺は瀬谷《せや》のマンションへと彼と共に帰ってきた。

帰宅が遅い時間になると――夜の十時くらいであっても、瀬谷は俺をアパートまで送ると言ってきかない。女の子じゃないんだし大丈夫だといくら言っても「送らせてください」と引かない上に、それじゃウチに泊まっていくかと言うと、それはいい、と帰っていく。

本人にちゃんと確かめたわけじゃないが、おそらく、泊まればやっぱりそうした行為をしたくなってしまうため、無理やり帰宅するようだ。

というのも俺のアパートは安普請なので、隣の部屋の物音が結構聞こえる。相手の音が聞こえるということはこっちの音も当然隣に響いているわけで、ベッドがギシギシいう音や、何より俺が快感に我を忘れて高く喘《あえ》ぐ声なんかが隣に聞こえてしまうのを避けるべく彼は、自制心を働かせていると思われる。

一方、瀬谷のマンションは、さすが父親がオーナー会社、しかも超大手企業の社長というバックグラウンドそのものの、防音設備の整った立派な部屋である上に、彼のベッドがキングサイズであるため、その快適さを知ってしまったあとにはつい、休みの前日は彼の部屋に共に帰るという習慣が、すっかり出来上がってしまった。

金曜日の夜から、日曜日の夜まで、誰《だれ》にも邪魔されない二人の時間を、瀬谷の部屋で過ごす。俺は家事全般、割と得意なほうだが、瀬谷もまた器用になんでもこなし、料理の腕なんかは俺より上じゃないかと思われる。

そんな彼と二人で共に料理を作ったり、六十インチの大画面のテレビで映画のブルーレイを一緒に観たり、昼間っから抱き合ったりと、このふた月というもの、実に充実した休日を過ごしているのだが、そんな中でも一点だけ、ちょっと参ったな、と思っていることがあった。

「ねえ、どうしてです?」

課の皆と飲んできたあと、ちょっと飲み足りなくもあったので、リビングで二人してワインを飲んでいたのだが、そのうちに瀬谷が俺に絡み始めた。

酔うと百パーセント、酔わないときにも二人きりになると、六十パーセントくらいの確率で、瀬谷は俺に同じ用件で絡んでくる。

その用件とは——自分を名字ではなく、名前で呼んでほしい、というもので、今夜も瀬谷と俺は、今までに何万回も繰り返されてきたやりとりを繰り広げていたのだった。

「どうしてって……別に。ただ、照れくさいだけだよ」

理由はまさにその一言に尽きた。もともと俺は、恋人同士の甘い雰囲気というのに照れを

感じてしまう。見た目に寄らないとよく言われるけど、いたって硬派なタイプなのだ。なので瀬谷の、

「せっかく恋人同士になったんだから、名前で呼び合いましょう」

という申し出にも、照れてしまって、なかなか「うん」とは言えないでいる。

「すぐに慣れますって。ねえ、幸也《ゆきや》さん」

彼のほうではすっかり『慣れた』ようで、人目があるときには決して口にしないが、こうして二人になると、必ず名前で呼びかけてくる。

「幸也さん、ねえ、呼んでよ」

口調もオフィスにいるときとはまるで違う、いわゆる『タメ語』になるのだが、それでいて年上ということが気になるのか、名前に必ず『さん』をつけるのを忘れない。

俺からしてみたら、年だってそうかわらないんだし、別に『さん』なんていらないんだけど、と思うのだが、それを言えば必ず『なら僕も名前で呼んでほしい』と返されることがわかっているので、口にしたことはない。

「幸也さんってば」

今夜の瀬谷はやたらとしつこい。相当酔っているのかな、と顔を見ると、

「なに？」

不意に真面目《まじめ》な顔になった瀬谷が、俺をじっと見返してきた。

「あ、いや、酔ったのかな、と思って」

大丈夫か？　と問いかけると、瀬谷はなぜか一瞬、唖然《あぜん》とした表情になったあと、

「……敵《かな》わないなあ……」

と苦笑し、ワインを一気に呷《あお》った。

「え？」

何に『参った』のか。やはり相当酔っているんだろうか、と心配になり、尚も顔を見上げると、瀬谷は再び苦笑し、ワイングラスをテーブルへと下ろした。

「寝ましょうか」

「え？　あ、ああ」

やっぱり酔っぱらったのかな、と思いつつ、俺もかなり飲んでいたのでワイングラスをテーブルへと戻すと、瀬谷が伸ばしてきた手を取り立ち上がった。

二人、手を繋《つな》いで寝室へと向かう。瀬谷は俺と手を繋ぐのが好きだ。会社をはじめ、外では勿論《もちろん》主張してきたことはないが、部屋の中では何かというと手を繋ぎたがる。

特にベッドインを誘うときには必ず彼は俺に手を差し伸べてきた。今ではその手を取るのが『ＯＫ』の合図のようになっている。

だが、今日は酔っぱらっているし、行為自体はせずに寝るのかもな、と思いつつ、瀬谷に手を引かれて寝室へと向かう。

灯《あか》りをつけ、ベッドへと進むと瀬谷は、先にベッドに座り、ぐっと手を引いて俺を隣に腰掛けさせた。

「寝るか?」

問いかけたところをそのまま押し倒され、唇を塞《ふさ》がれる。

「ん……っ」

貪《むさぼ》るようなキス、という表現がぴったりくるキスだった。酔っていたのではないのか、と目を見開いた俺の視界に、近すぎて焦点が合わないながらも、目を閉じている瀬谷の顔が飛び込んでくる。

意外に長い睫《まつげ》の影が頬《ほお》に落ち、震えている様を目の当たりにした瞬間、身体《からだ》の中で欲情の焔《ほむら》が一気に立ち上るのを感じた。

理由はよくわからない。入社したての瀬谷は常におどおどとしており、俺が話しかけただけで、緊張に全身を強張《こわば》らせたものだが、彼の『素性』が明らかになってからは――本来隠しておきたかったところを、俺のために明かしてくれたのだ――それまでの自信なさげな様子はどこへやら、常に、そして誰に対しても堂々とした態度をとるようになった。

今や年次が上の俺から見ても、頼もしい存在といっていい。その『頼もしさ』は、仕事上は勿論のこと、ベッドの上でも遺憾なく発揮されている。

男性経験はないので、きっと自分は『下手』だ、と詫《わ》びてきたのが嘘《うそ》のように、彼のベッドテクは日に日に磨かれていった。まさか余所《よそ》で磨いているわけじゃないよな、と、何度も確認をとりたくなるのは、回数を重ねるごとに格段の進歩があるためだ。

　誰か練習相手がいるのでは、とつい疑ってしまうほどの上達ぶりを見せる彼を前にしては、先輩の威厳などあったものではなく、最近ではいつもされるがままになってしまう。

　二人、初めて抱き合ったときには、主導権は完全に俺が握っていたのに、わずかふた月あまりでこの変化はなんだと思わないでもないのだが、それだけにこうして彼の睫が実に頼りなさげに震える様には、最早《もはや》遠い昔の存在となった、おどおどした彼の姿が垣間見られるような気がし、それで興奮してしまったのかもしれない。

　——なんて自己分析をする余裕などあろうはずもなく、俺はただ込み上げる欲情のままに瀬谷に手を伸ばし、彼のネクタイを外そうとした。

　気づいた瀬谷が目を開き、わかった、とばかりに頷《うなず》くと、キスを中断し、自分で脱衣を始める。

　俺もまた半身を起こしネクタイを外してシャツを脱ぎ始めたが、袖口《そでぐち》のボタンを外すのに手間取っているうちに、先に全裸になった瀬谷が再び覆い被《かぶ》さってきた。

「脱がしてあげる」

　シャツが完全に脱げていない状態だった俺を瀬谷がベッドに押し倒し、ベルトに手を伸ばしてくる。彼が手早くベルトを外し、スラックスを下着ごと引き下ろしている間に、なんとかボタンを外し終えた俺から、瀬谷はそのシャツを、続いて下着代わりのTシャツを剝《は》ぎ取り、俺を全裸にした。

これもまた、いつものことなのだが、鍛え上げられた瀬谷の裸体と比べると、俺の裸は本当に貧相で、軽い自己嫌悪に陥ってしまう。これでも一応、スポーツは得意なほうだし、最近は通えてないが、近所のジムで少しは鍛えているのだが、瀬谷の裸体の見事さにはとてもとても、敵うものではなかった。

均整の取れた裸体の比喩《ひゆ》に『ギリシャ彫像のような』という典型的な表現をよく使うが、瀬谷の裸体はまさにギリシャ彫像そのものだ。

仕立てのいいスーツの下に、こうも見事な身体を隠していたとは、と毎度彼の裸を見るたびに目を奪われるのだが、同時に同性として嫉妬《しっと》を覚えずにはいられない。

今夜もまた羨望《せんぼう》の眼差《まなざ》しをつい注いでしまうと、瀬谷は少し照れた顔になり、自身の身体を見下ろした。

「……なに?」

「……いや……」

さすがに、嫉妬してしまいそうなほどいい身体だ、なんて口に出すことはできず、言葉を濁す。

瀬谷は更に問いを重ねようとしたが、すぐにふっと笑うと、逆に俺を見下ろしてきた。

「……なんだよ?」

あまりにもじっと見つめられ、なんだか恥ずかしくなってしまい、照れ隠しに問い返すと、瀬谷はどこかうっとりした目となり、ぽつりとこう呟《つぶや》いた。

「……綺麗《きれい》だ……」

「……だから……」

世辞もいいところだと毎度思うのだが、俺の裸を見るたび彼は『綺麗』という賞賛の言葉を口にする。この貧相な裸体はどう考えても『綺麗』という形容詞からはほど遠いところにあるのに、いくらそう言っても瀬谷は『いいえ、綺麗です』と言ってきかない。

今夜もいつものように『違う』と言おうとしたが、あまりに毎度のせいか、瀬谷は俺の言葉を最後まで聞かず、胸に顔を埋《うず》めてきた。

「ん……っ」

乳首を口に含まれ、舌先で転がされる。どうやら俺は相当感じやすい体質らしく、中でも胸は特に弱い。

ざらりとした舌で舐《な》め上げられただけで、びく、と身体は震え、あっという間に乳首が勃《た》つ。反応がよすぎて恥ずかしいのだが、もう片方の乳首を摘《つま》み上げられたときには、羞恥《しゅうち》を感じる心の余裕はすっかり失われていた。

「あっ……んっ……んふ……っ」

片方を強く吸われたと同時に、もう片方をきゅっと強く抓《つね》られる。痛いほどの刺激には殊更弱く、俺の口からは早くも堪《こら》えきれない声が漏れ始めてしまっていた。

瀬谷の繊細な指が俺の乳首を摘み上げ、またもきゅ、きゅ、と断続的に強く抓る。彼の舌がもう一方を肌に塗り込めるようにして転がし、ときどき軽く歯を立ててくる。

「やっ……あっ……あぁっ……」

両胸に絶え間なく与えられる強い刺激は、あっという間に俺の身体に火をつけ、込み上げる欲情のままに、広いベッドの上で身体を捩《よじ》り、声を上げる。

鼓動はすでに早鐘のようで、身体の芯《しん》に灯《とも》った欲情の焔に身体の内側から焼かれ、肌にはうっすらと汗が滲《にじ》んでいた。

無意識のうちに腰を捩り、己の下肢を瀬谷の下肢へと擦り寄せる。熱を持ち始めた雄に触れる瀬谷の雄もまた火傷《やけど》しそうなほどの熱を孕《はら》んでいて、すでに彼が勃起《ぼっき》していることを伝えてきた。

彼の熱く逞《たくま》しい雄の感触がますます俺の欲情を煽《あお》り立て、自然と腰が浮いてしまう。もし今、自分の行動を判断できる冷静さを持ち合わせていたら、あまりにも物欲しげな行為に、羞恥を覚え叫び出していたかもしれない。

幸い、冷静さからはもっとも遠いところにいたために、より積極的に腰を突き出すと、察してくれたらしい瀬谷が俺の胸から顔を上げた。

「……あ……」

ひんやりとした空気が、唾液《だえき》に濡《ぬ》れた乳首に触れ、ぞく、と悪寒によく似た感覚が背筋を走る。が、それが悪寒などではないことは、捩れた俺の腰が物語っていた。

瀬谷の腕が俺の両脚に伸び、太腿《ふともも》を抱えるようにして腰を上げさせる。

「や……っ」

気づけば煌々《こうこう》と灯りが照らす中、早くもひくつき始めている後孔を晒《さら》され、さすがに恥ずかしくなってきた。

「やめ……っ」

その上、瀬谷は動こうとせず、じっと俺のそこを見つめている。そんな彼の態度にますます羞恥を煽られ、堪《たま》らず俺は彼を、

「見るな……っ」

と睨《にら》み上げた。

「ひくひくしてる……」

見るなと言ったのに、瀬谷は尚もそこをじっと眺め、ぼそりとそう呟く。

「見るなって……っ」

その上、実況までするな、と俺は、彼の視線から逃れようと必死で身体を捩ったが、瀬谷の腕はがっちりと俺の両脚を抱え込んで離してくれない。

「おい……っ」

普段の瀬谷は、俺の嫌がることは一切しない。それどころか、自分の快感よりも常に俺をいかに気持ちよくさせるか、そればかりを考え、行動してくるために、恐縮すらしてしまうのだが、今日の彼はいつもと違う、と思わず顔を見上げると、瀬谷は一瞬、どうしようかな、という顔になったあとに、思い切った様子で口を開いた。

「ねえ、幸也さん……欲しい？」

「……え？」

何を、という目的語がわからず問い返す。と、瀬谷は視線を再び俺の顔からそこへと移し、ぼそり、とこう問うてきた。

「……ここに……僕の……欲しい？」

「……な……っ」

まさか瀬谷がそんなことを言い出すとは思わず、絶句してしまった次の瞬間、頬にカッと血が上った。

熱いのは頬だけじゃなく、全身が火照《ほて》り、鼓動はびっくりするくらいの速さで打ち始める。

育ちがいいせいか、慎み深さを常に感じさせる瀬谷が、そんなことを言うなんて、と、それだけで昂《たか》まってしまう自分の欲望の深さが恥ずかしい、と、ふい、と横を向き彼から視線を外す。

「……幸也さん……」

頭の上で瀬谷のやや切羽詰った声がしたと同時に、ずぶ、と後ろに、俺の片脚を離した彼の指が挿入されてきたのがわかった。

「……っ」

乾いた痛みに身体を強張らせたのは一瞬で、乱暴なくらいに激しく中をかき回し始めた彼の指を求め、内壁が怖いくらいにひくつき、きゅうきゅうと指を締め上げる。

「やだ……っ」

コントロールできない自分の身体の反応があまりに恥ずかしく、そう声を上げながら俺は、両手で顔を覆った。いやらしいのは身体の反応だけじゃなく、顔もまた、ものすごく淫《みだ》らな表情をしているに違いないという自覚があったためだ。

だが、目を閉じるとより感覚が鋭敏になってしまい、二本に増えた指で中をかき回されるうちに気づけば今まで以上に腰を突き出し、シーツの上でいやいやをするように激しく首を横に振っていた。

「……もう一本、入れてみる？」

問いかけながら瀬谷が三本目の指を挿入させようと入口を広げる。

「ちが……っ」

指も確かに気持ちがいい。だが、今俺が求めているのは、指とは比べものにならないくらいの質感を誇るそれ――瀬谷の逞しい雄だった。

指の間から、こっそりと、瀬谷を見上げる。と、瀬谷は俺の視線に気づいたのか、にっこりと笑い、すっと後ろから二本の指を引き抜いた。

「や……っ」

不意に指を失い、もどかしさから激しく収縮する後ろの動きに耐えられず、腰を捩ろうとした俺の両脚を再び抱え上げた瀬谷が、俺の待ち望んだ彼の逞しい雄を後ろにあてがい先端を入口に擦《こす》りつけてきた。

「あっ……」

熱い塊を感じた瞬間、入口が激しくひくついたせいで、腰を自然と突き出してしまう。まさに食いつきのよさを見せる己の貪欲《どんよく》な身体は恥ずかしくあったが、欲情が羞恥に勝った。

いつもならすぐに挿入してくれるはずの瀬谷の動きは、だが、なぜか今日はそのまま止まっていた。もどかしさに突き動かされ、更に腰を浮かせて先端をめり込ませようとするが、俺が動いた分だけ瀬谷は腰を引き、決して挿入してくれようとしない。

「どうして……っ」

それを二度、三度とやられると、さすがに焦《じ》れてしまい、はしたないと思いながらも俺はつい、恨みがましい目を向けつつそう問いかけた。

「……ねえ、幸也さん」

瀬谷が俺の両脚を抱え直しながら、呼びかけてくる。

「な……んだよ?」

熱い塊がまた、入口に押し当てられた。欲しくて欲しくてたまらないその感触に、身体が震え、ついでに声まで震えてしまう。

また、腰を突き出したのに、瀬谷に腰を引かれ、どうして、と睨むと、瀬谷は一瞬だけ迷う素振りをしたあとに、意を決した顔になり、俺を真っ直《ます》ぐに見つめながら口を開いた。

「挿《い》れてほしかったら、名前、呼んでくれる?」

「……え……?」

もどかしさがピークに達していたせいで、思考力が普段の半分——どころか、十分の一以下に落ちていた俺は、瀬谷が何を言っているのか、まるでわかっていなかった。

それゆえ問い返した俺に、瀬谷はまた、一瞬なんともいえない顔になったあと、先ほどと同じ言葉を、ゆっくりした口調で繰り返す。

「……だから、挿れてほしかったら、僕を名前で呼んでくれる?」

「……あ……」

ようやく理解できたと同時に、いきなり何を言い出したのだ、と唖然としたあまり、一瞬にして素に戻ってしまい、思わずまじまじと瀬谷を見上げた。

「……すみません……」

瀬谷もまた素に戻ったらしく、ぼそりと謝り俯《うつむ》いてしまった。沈黙が二人の間に流れる。

ふと見やると、勃ちきっていた彼の雄が少し萎《な》えてきたように見える。昂まりに昂まりまくっていた俺の雄もまた、やや萎えかけていた。

別に気持ちが萎えたわけじゃなく、それこそ二人して我に返ってしまったからだとわかるだけに、なんとも可笑《おか》しくなってしまい、俺はぷっと吹き出した。

「………幸也さん……」

瀬谷が情けない顔になりつつ、俺の両脚をゆっくりとシーツに下ろそうとする。

彼を名前で呼べない理由は、単に『照れくさいから』――それだけだった。ずっと名字で呼んできたのもあるし、それに、『幸也さん』と瀬谷はさんづけなのに、俺は呼び捨てでいいんだろうかとか、でも『英嗣君《えいじ》』と君づけするのも変か、とか、あれこれ考えてしまっていた、というくだらない理由に過ぎない。

呼ばせるために、セックスの最中、挿入せずに焦らす、という作戦を考えたものの、人がよすぎてそれを実行できなかった瀬谷が、なんともいえず、いとおしかった。

それほどまでに呼んでほしいのなら、と、俺は身体を起こそうとする瀬谷に向かい、

「英嗣」

と呼びかけ彼の注意を引いた。

「え……」

瀬谷が信じられない、というように目を見開き俺を見下ろす。

「呼び捨てでいいか？」

驚かれるとやっぱり照れてしまい、ぶすりとそう言い捨てる。幻聴でも聞いたかのような顔をしていた瀬谷は、俺のその言葉を聞き、満面の笑顔になった。

「……幸也さん……」

嬉《うれ》しげにそう言った彼が、下ろしかけた俺の両脚を抱え直す。

「……別に、挿れてほしいからじゃないからな」

そう取られたらちょっと癪《しやく》だ、と、思いつつ——まあ、挿れてほしくもあったけれど——言い捨てた俺に、瀬谷が笑顔のまま頷く。

「わかってます。僕が挿れたくてたまらなくなってしまったんです」

嬉しくて、と笑う瀬谷の顔は言葉どおり本当に嬉しそうで、それを眺める俺もまた、やたらと嬉しくなってきてしまう。ふと見ると、瀬谷の雄も、そして俺の雄もすっかり元気になっていて、なんだか少し笑ってしまった。

「挿れますね」

瀬谷が微笑《ほほえ》み、ずぶり、と雄の先端を挿入させてくる。

「ん……っ」

待ち侘《わ》びた太く逞しいその存在を悦《よろこ》び、後ろが激しく収縮して中へと誘《いざな》う。あからさまな

ほど貪欲な自身の身体の反応を恥じ、俯いた俺の両脚をまた瀬谷は抱え直すと、一気に奥まで貫いてくれた。

「あぁっ」

内臓がせり上がるほど深いところに彼を感じた次の瞬間、激しい突き上げが始まる。力強くスピーディな律動は俺をあっという間に快楽の絶頂へと導いていった。

「あっ……あぁっ……あっあっあっ」

二人の下肢がぶつかり合うときに立てられる、パンパンという高い音と共に、我ながら切羽詰っているとしかいいようのない高い喘ぎが室内に響く。

繋がっている部分は勿論のこと、全身が火傷しそうなほどに熱くなり、心臓が爆発するのではないかというくらい、鼓動が速まっていた。

「あぁっ……もうっ……もう……っ……いく……っ」

二人の腹の間で勃ちきっていた俺の雄の先端からは、先走りの液が零《こぼ》れ、自身の腹を濡らしている。快楽の極みが俺に羞恥を忘れさせ、射精を求めた俺の手は自然とその雄に伸びていた。握り込み、扱《しご》き上げようとすると、瀬谷が腰の律動はそのままに片脚を離した手で、俺の手の上から雄を握り込んでくる。

「……幸也さん……っ……一緒に……っ」

いきましょう、と微笑みかけてきた彼に、同意を伝えるために彼の名を呼ぶ。

「わかった……っ……英嗣……っ」

「……っ」

その瞬間、瀬谷がはっとした顔になったかと思うと、いきなりずしりとした重さを中に感じた。

「……え？」

もしや、と見上げた俺の目の前で、瀬谷が、不意におろおろとし始める。

「す、すみません……っ」

先に達してしまったことを詫びる彼の姿に、思わず吹き出したと同時に、快楽の波がすっと引いていった。

「……あ」

いきそこねた、と、また笑ってしまった俺に、瀬谷が心底申し訳なさそうに謝ってくる。

「す、すみません……っ」

「いいよ、別に」

酷《ひど》く恐縮する彼の姿に笑いが止まらなくなる。そうも『名前で呼ばれる』ことが嬉しいとわかった今、これからは会社以外では彼を名前で呼んでやろうと思いつつ俺は、謝りまくる彼の背を両手両脚でしっかりと抱き締めてやったのだった。

あとがき

はじめまして&こんにちは。愁堂れなです。

このたびは九冊目のシャレード文庫となりました『下剋上にはわけがある』をお手に取ってくださり、本当にどうもありがとうございました。

こちらは二〇〇四年にリーフノベルズから発行していただいた『切なさごと抱きしめて』の新装版になります。ショートを書き下ろしていますので、既読の方にも未読の方にも楽しんでいただけるといいなとお祈りしています。

木下けい子先生、素晴らしいイラストを本当にどうもありがとうございました。ださかっこいい瀬谷に、綺麗で切ない島田に大感激しています。

先生の漫画の大ファンなのでご一緒させていただけて本当に嬉しかったです!

また、担当のO様をはじめ、本書発行に携わってくださいましたすべての皆様に、この場をお借りいたしまして御礼申し上げます。

最後に何より本書をお手に取ってくださいました皆様に御礼申し上げます。シンデレラストーリーというか水戸黄門というか暴れん坊将軍というか……のリーマンもの、いかがでしたでしょうか。少しでも楽しんでいただければ幸いです。

今回タイトルを変更したのは、当時から本書のタイトルに納得いかなかったからなのですが（自分でつけたんですけど・汗）新装版だということがわかりにくくなってしまい、申し訳ありませんでした。

よろしかったらどうかお読みになられたご感想をお聞かせくださいね。心よりお待ちしています！

次のシャレード文庫様でのお仕事は、来年文庫を発行していただける予定です。『バディ』シリーズの新作となります。よろしかったらそちらもどうぞお手に取ってみてくださいね。

また皆様にお目にかかれますことを切にお祈りしています。

愁堂れな

（公式サイト「シャインズ」http://www.r-shuhdoh.com/）

下克上にはわけがある
レッスン1
(リーフノベルズ『切なさごと抱きしめて』2004年6月)
レッスン2
（書き下ろし）

愁堂れな先生、木下けい子先生へのお便り、
本作品に関するご意見、ご感想などは
〒101-8405
東京都千代田区三崎町2-18-11
二見書房　シャレード文庫
「下克上にはわけがある」係まで。

CHARADE BUNKO

下《げ》克《こく》上《じょう》にはわけがある

【著者】愁堂《しゅうどう》れな

【発行所】株式会社二見書房
東京都千代田区三崎町2-18-11
電話　03(3515)2311［営業］
　　　03(3515)2314［編集］
振替　00170-4-2639
【印刷】株式会社堀内印刷所
【製本】ナショナル製本協同組合

落丁・乱丁本はお取り替えいたします。
定価は、カバーに表示してあります。

ISBN978-4-576-11122-3

http://charade.futami.co.jp/